KB161697

마흔다섯의 일기

마흔다섯의 일기

고김주희

이담북스

목차

1

마흔다섯의 지겨움

마흔다섯의 해가 절반쯤 지났다. 내가 몇 살까지 살지는 나도 모르지만 만약에 내가 아흔까지 살 수 있다면 인생의 정가운데 토막에 와 있는 셈이다. 나는 조현병이 있다(만일 지금 없다면 과거에 있었다). 조현병이 있기 전에 처음엔 조울증이 있었는데 이것이 서른다섯이 되던 해에 조현병으로 발전하였다. 어린 시절 나는 별 꿈이 없었다. 고등학생 때에도 스카이를 열망한다거나 대학생이 되어서도 대기업 취직을 열망한다거나 한 적이 없다. 그냥 아무 대학에나 들어가서 아무 기업에나 취직해서 먹고만 살면 그뿐이지 하고 생각했다. 성인이 된다면 내가 삶에서 바랐던 것은 조그만 직장 하나, 그리고 책 몇 권과 음악 CD 몇 장이면 모든 것이 충분하리라 생각했었다.

그런데 아무런 별다른 꿈도 없이 지내던 중고등학교 시절이 지나고 대학 인문학부에 입학하여 철학 강의를 듣고 나서 그때부터 나의 꿈은 위대한 철학자가 되는 것으로 변했다. 나는 대학 시절 내내 철학책을 끼고 살았다. 니체, 들뢰즈, 푸코, 스피노자, 후설, 하이데거를 열심히 읽었다. 나는 영문과에 들어가서 철학을 제2전공으로 택하였는데 영문학 공부는 졸업하는 데에 필요한 아주 최소한의 시간만을 할애하고 나머지 대부분의 시간은 모두 철학 공부하는 데에 바쳤다. 철학 공부가 너무 재밌어서 철학책을 읽다 보면 시간 가는 줄을 몰랐다. 나는 대학에 들어와 철학 공부에 뜻을 둔 이후로 고3 수험생 때보다도 더 열심히 철학 공부에 매달렸다.

들뢰즈라는 프랑스 철학자를 알게 된 후로는 프랑스로 유학을 떠나고 싶은 새로운 꿈이 생겼다. 들뢰즈는 1995년에 70세의 나이로 자신의 아파트에서 투신 자살하여 생을 마감한 프랑스 철학자인데 그때 나는 그가 니체가 말한 초인의 경지에 이른 후 자유로운 죽음을 택한 철학자일 거라고 생각을 했었다. 그 당시 그의 철학을 전부 이해하기란 불가능했지만 그때 읽었던 『니체와 철학』과 『의미의 논리』는 나를 매혹시키기에 충분했다. 학부를 졸업하고 곧장 프랑스로 유학을 가고 싶었지만 집안 사정이 여의치 않아 유학을 가는 일은 나중으로 좀 미루어졌다. 사실 지금에 와서 생각해 보면 철학을 공부하는 데 유학이 꼭 필요한 것은 아니었다. 하지만 그 당시에 나는 한국 대학에 대한 실망감과 유럽 대학에 대한 막연한 동경 같은 것이 있었다.

유학은 나중으로 미루고 우선은 한국에서 대학원에 진학했다. 석사과정에 있으면서 스피노자로 논문 준비를 하였는데 나의 논문 구상이 좀 무모하고 허황된 것이었다. 스피노자는 『에티카』라는 책으로 유명한데 이 책은 모두 5부로 구성되어 있다. 내가 구상한 논문은 이 5부를 각각 대수학, 기하학, 물리학, 생물학, 정치학 이론에 연결시키는 것이었다. 이렇게 크게 구상을 한 후 한편으로는 스피노자를 읽고 다른 한편으로는 집합론, 사영기하론, 양자론, 분자생물학을 공부했다. 그런데 이런 구상은 애초부터 별 근거도 소득도 없는 것이었다. 에티카의 5부 각각이 각 분야의 이론들과 매칭되는 것도 아니었고 1부로 택한 집합론부터가 스피노자 철학의 전체적 성격과 잘 맞지 않는 이론이었다. 나는 내가 구상한 논문 쓰기를 포기하고 졸업 막판에 논문 주제를 바꾸어 '스피노자 철학의 내재론적 구도'라는 제목으로 논문을 썼다. 그런데 논문 내용이 중심 개념에 대한 분석이 없이 개론서처럼 완성되어 지도교수님께서 다시 주제를 잡아 써 오라고 하셨다. 나는 논문을 다시 쓰기도 싫고 유학을 가고 싶은 마음만 굴뚝같아져서 지도교수님께 인사도 없이 무작정 프랑스로 향했다. 그리고 스물아홉이 되어 드디어 처음 프랑스 땅을 밟았다.

어학과정을 시작했을 당시에만 해도 철학도로서 포부가 굉장했지만 이후에 석사과정에 들어가고 나서 내가 상상하던 유학 생활과 괴리를 느끼기 시작하면서 꿈이 조금씩 흔들리기 시작했다. 처음에는 강의 내용이 잘 들리지 않아 애도 많이 먹었고 흥미가 가는 강의도 별로 없어서 수강했던 강의들에서 나는 별다른 영감을 얻지 못했다. 나는 철학 공부와 유학 생활에 대한 회의가 커져서 석사과정 중에 있는 동안 한국으로 다시 돌아올까 말까 고민을 계속하게 되었다. 반복되는 고민과 회의로 정신을 반쯤 내놓고 다니다가 대낮에 학교로 걸어가는 길에 길 한복판에서 세 명의 젊은 아랍 청년들에게 소매치기를 당했다. 두 명의 청년이 느닷없이 맞은편 길에서 뛰어와 나를 양쪽에서 잡아 길바닥에 쓰러뜨린 후 다른 한 명이 나의 가방을 빼앗아 달아났다. 나는 그것이 이제 한국으로 돌아가라는 신의 계시 같은 것이라고 생각을 했다.

학교에 갔는데 우연히 같은 과에 있던 한국인 언니를 만나 한국에 돌아가야겠다고 이야기를 꺼냈다. 그랬더니 그 언니가 나를 보고 나는 공부해야 할 사람이라며 한국에 가지 말고 프랑스에서 계속 공부를 하라고 하면서 언니네 집으로 데려가 저녁도 만들어 주고 잠도 자고 가라고 했다. 나는 언니네서 하룻밤을 같이 자고 이야기를 나누면서 당장 한국에 가지는 말고 석사를 모두 마치고 돌아가야겠다고 마음을 바꾸게 되었다.

그렇게 해서 프랑스 체류가 더 길어지고 석사 논문 발표일이 되어 지도교수님 앞에서 논문 발표를 하고 20점 만점에 18점을 받았다. 발표를 마치고 나서 교수님께 한국으로 돌아가서 돈을 좀 번 후에 다시 와야겠다고 말씀을 드렸다. 그랬더니 교수님께서 내가 돈이 없어 공부하기가 힘든 줄 생각하셨는지 나에게 박사 입학 허가증을 써줄 테니 박사과정 등록을 해 놓고 가라고 하셨다. 그러고는 등록금은 있느냐고 물어보셔서 나는 있다고 대답을 드렸다. 당시 내가 다니던 프랑스 국립대 등록금은 박사과정 1년 치가 우리 돈으로 60~70만 원 정도였다. 유럽에서 유학비는 사실 등록금만 따지면 별 부담이 되는 돈은 아니다. 우리나라 대학 등록금에 비하면 새 발의 피다. 등록금보다는 파리 같은 경우 비싼 집세가 문제다. 나는 지도교수님 뜻에 따라 박사 등록을 마치고 한국으로 돌아왔다.

나는 프랑스에서 어학과정에 있을 때부터 얼마간 감시 망상이 조금 있었는데 이것이 한국에서 서른다섯 박사과정에 있는 중에 도청 망상으로 발전하여 심각한 조현병 증세를 겪게 되었다. 세 차례 정신과 폐쇄병동에 입원을 하였고 이후 약을 계속 복용하면서도 망상 증상을 여러 번 겪었다. 병원에 입원을 한 것은 가족들 손에 이끌려서 그렇게 되었다. 조현병은 환자가 병에 대한 인지를 하기가 굉장히 어려운 병이다. 만약 조현병 환자가 병식이 생긴다면 그것은 병을 절반 이상은 고친 거나 다름이 없다. 나는 내가 어떠한 병에 걸렸다고 전혀 생각하지 않았기 때문에 약을 먹는 것도 거부했다. 약 때문에 가족들과 싸운 적이 한두 번이 아니었다. 불행 중 다행인 것은 처음 발병했을 때와는 달리 발병 후 몇 년이 지나면서 차츰 조현병에 대한 병식이 생겼다. 그래서 후에는 증세가 다시 심해져도 입원하는 일은 면할 수 있었다.

마지막 발병은 마흔다섯이 된 올해 초에 찾아왔다. 십 년 전 서른다섯 살 때 그랬던 것처럼 이번에도 망상의 주된 내용은 국정원의 도청이었다. 석 달가량을 망상 속에서 혼자 이야기하다 어렵게 망상임을 깨닫고 가까스로 망상에서 빠져나올 수 있었다. 그런데 문제는 그 이후였다. 나는 솔리안이라는 약을 처방 받고 있었는데 복용 용량이 늘어나자 기운이 떨어지는 부작용이 심해졌다. 그래서 인베가라는 다른 약으로 바꾸었는데 이 약을 먹으니 오한이 느껴지고 자살 생각이 드는 다른 부작용이 있었다. 그 약을 먹는 동안에도 기운이 빠져 거의 하루 종일 침대에 누워서만 생활하였는데 그렇게 누워만 있자니 나라는 존재가 아무 쓸모도 없고 살아야 할 가치가 아무 데도 없는 것 같은 생각이 들었다. 실재하는 세계는 하나뿐인데 실재하는 세계와 아무 상관도 없이 그저 내가 만들어낸 망상 속에만 파묻혀 인생을 보내는 것이 도대체 무슨 의미가 있나 하는 생각뿐이었다. 우리 집은 24층이었는데 어디서 떨어지는 게 가장 나을까 하고 방과 거실을 오가며 절망적인 마음으로 창문 아래를 내려다보고는 하였다.

그렇게 자살 생각으로 마음이 점점 어둡고 무거워져서 힘든 시간을 보내다가 그 약은 더 이상 먹지 않기로 식구들과 결정하고 나서 조금씩 마음이 나아지기 시작했다. 죽은 것은 아니었지만 죽음을 현실적인 선택지로 생각하고 나서 이후에 웃음과 생기를 되찾는 데에는 많은 시간이 걸렸다. 마지막 망상에서 빠져나온 후로 소소한 즐거움 외에는 어떤 커다란 꿈도 꾸지 않으리라 굳게 결심하였는데 그 소소한 즐거움은 그리 쉽게 찾아와 주지 않았다. 두 달여가 지나고 나서야 어둡던 마음에 조금씩 밝은 빛이 비쳤다. 그리고 이제는 다시 죽음은 남의 문제가 되어 버렸다.

그렇다고 살아 있는 것이 더없이 행복하거나 즐거운 것은 아니다. 마흔다섯의 삶이 주는 권태와 지겨움이 있다. 내가 해야 할 일이 처음이라 설레거나 두려울 일도 없고 큰맘 먹고 새롭게 도전해야 할 색다른 일도 없다. 뉴스를 보아도 주변 사람들을 보아도 매일 그 일이 그 일이고 그 사건이 그 사건이다. 새로운 사건이 생겨도 그다지 새로울 것이 없고 어지간하면 45년 세월 동안 이미 익숙하게 보고 들었던 것들이다. 그렇게 익숙하고 지겨운 마흔다섯의 삶에서 느껴지는 생각과 감정들을 여기 이렇게 하나씩 독자들께 펼쳐 놓으려 한다. 혹여나 나의 독자가 지금 사십 대에 있다면 그들에게 얼마간의 공감과 위안을 줄 수 있기를 희망하며.

2

밥벌이의 어려움

마흔다섯 해를 살면서 지금껏 내가 가장 많이 받아본 월급은 150만 원이다. 대학을 졸업한 후 학업을 계속하느라 변변한 직장을 가져보지 못한 나는 줄곧 과외 아르바이트를 하며 용돈벌이나 하는 것이 고작이었다. 박사학위를 받고 유학 생활을 끝내고 나서 한국에 돌아와 대학 강사 자리를 구하려고 했었다. 아는 교수님을 두 분 정도 찾아갔는데 강사 자리를 얻지 못하고 말았다. 당시에는 대학 강사직이 공개채용 제도가 없었기 때문에 강사 자리를 얻으려면 이 대학 저 대학에 교수들을 찾아다녀야 했다. 나는 아는 교수도 별로 없고 더더구나 모르는 교수들을 찾아다니는 것도 내 적성에 안 맞고 해서 방구석에만 일 년을 처박혀 있다가 살기 싫은 마음만 간절해졌다.

아무런 의욕 없이 일 년을 보내다가 차마 죽을 수는 없어 공무원 시험을 보기로 했다. 처음엔 7급 외무영사직을 준비했는데 시험공부가 너무 지겨워 몇 달을 놀다시피 하고 시험을 봤더니 보기 좋게 떨어졌다. 생각보다 7급 시험이 만만치 않은 것 같아 그다음 해에는 9급으로 바꾸어 시험을 봤다. 국가직, 서울시직, 지방직 세 번을 봤는데 국가직과 서울시직은 떨어지고 세종시에서 본 지방직만 합격을 하였다. 그렇게 해서 나는 철학박사 학위와는 아무 상관도 없는 9급 공무원이 되어 태어나서 35년을 살던 서울을 떠나 세종시로 이사 오게 되었다. 공무원 생활은 녹록지 않았다. 나는 시청 민원과에 발령을 받았는데 한 성격 하는 열두 살 어린 사수에게 매일같이 야단을 맞고 또 다짜고짜 화부터 내는 민원인들을 날마다 상대하고 있자니 나도 모르는 사이에 커다란 불안증이 생겼다. 출근을 해서 아침에 민원대에 앉아 있으면 울리는 전화벨 소리를 듣고는 무슨 큰일이라도 벌어지는 것이 아닌가 하고 가슴이 콩닥콩닥하곤 하였다.

그때 나의 월급이 150만 원 정도 되었는데 그 돈이 내가 지금껏 살면서 가장 많이 벌어본 월수입이었다. 그전에는 월수입이 많아도 백만 원을 넘기는 일이 거의 없었다. 수입은 50만 원이 더 늘어났을 뿐이었지만 직장 생활로 내가 받는 스트레스는 배는 더 늘어났다. 다람쥐 쳇바퀴 굴리는 듯한 단조롭고 무의미한 민원실의 생활이 일 년가량 이어지고 난 후 나는 더 이상은 이렇게 살 수 없다고 결심하고 시간선택제로 바꾸어 근무시간을 줄이고 글을 써야겠다고 다짐했다. 그렇게 해서 전일제 근무를 시간선택제로 바꾸어 오후 3시면 일을 마쳤더니 나의 월급은 다시 백만 원이 되었다.

처음엔 아무런 불만 없이 일이 일찍 끝나는 것이 행복하기만 했다. 그런데 내가 시간선택제로 바꾸면서 새로이 맡게 된 일이 주택 임대사업자 등록이었다. 당시에 문재인 정부가 임대사업자를 늘리기 위해 제도를 바꾸면서 업무가 폭증하기 시작했다. 나는 일이 밀려 밤늦게까지 야근하는 날이 잦아졌다. 게다가 공무원은 야근 수당이 최대 네 시간까지만 인정되기 때문에 그 이상 초과한 근무는 수당도 받지 못했다. 정부는 새로운 부동산 정책을 잇달아 발표를 했고 발표가 있을 때마다 임대사업자 문의 전화와 등록을 위해 방문하는 민원인들이 넘쳐났다. 우리 집 식구들은 그 당시 전세를 살고 있었는데 최저임금 정도밖에 안 되는 월급을 받으면서 정작 나는 집 한 채 없이 밤낮으로 다주택자들 치다꺼리를 하고 있는 내 신세가 무척 화가 나고 한탄스러워졌다. 거기다가 같은 업무를 하고 있는 동료 직원과 트러블이 생겨 그 직원 때문에 받는 스트레스도 이만저만이 아니었다.

나는 부서를 옮겨보려고 인사과에 문의를 하였지만 부서를 옮긴 지 얼마 되지 않았다는 이유로 즉시 거절당했다. 스트레스가 심해지자 몸이 안 좋아져서 아침마다 밥을 먹지 못하고 구역질만 하다가 출근하곤 했다. 점심때도 식사 도중에 구역질을 간신히 참으며 밥을 조금씩 꾸역꾸역 넘겼다. 하루는 일이 엄청 밀려 있는데 몸도 마음도 너무 지쳐서 에라 모르겠다 하고 조퇴를 하고서 집에 가는 버스를 기다리며 정류장 앞 고층 아파트를 쳐다보고 있자니 떨어져 죽고 싶은 마음이 간절해졌다. 그날은 집에 돌아가 하루 쉬고 다음 날 다시 정신을 차리고 출근했다. 그리고 전부터 공무원 일을 때려치우리라 생각했던 결심을 확고히 굳혔다. 그때 나의 나이가 마흔둘이었는데 공무원을 그만두면 이제 와서 또 뭘 해먹고 사나 걱정이 매우 컸다.

아무래도 걱정이 되어 일을 그만두지 못하고 있었는데 이대로 사는 것은 죽는 것만 같이 느껴졌다. 그래서 죽는 것보다는 사는 게 낫지 하는 마음으로 다른 생각은 전부 접기로 하고 일단 공무원을 때려치우기로 했다. 어머니에게 공무원을 그만두고 싶다고 말씀드리자 어머니는 사는 길은 천 갈래 만 갈래라며 이 길이 있으면 저 길도 있고 또 내가 미처 생각하지 못한 다른 길도 수없이 많으니 그만두고 싶으면 그만두라고 말씀하셨다. 불행 중 다행인 것이 언니와 동생들이 다들 돈벌이를 하고 있어서 집에 생활비를 보태고 있었다. 나는 사직서를 쓰기 위해 계장님과 과장님께 말씀드리고 인사과를 방문해 사직서를 제출했다.

내가 사직하기 전에 생각했던 돈벌이는 온라인 논술 첨삭과 초등학생 논술 공부방이었다. 철학을 오래도록 전공한 나로서는 직업에 선택의 여지가 얼마 없었다. 네이버에 블로그를 만들어 온라인 논술 첨삭 광고를 올렸는데 방문하는 사람들도 적고 문의하는 사람들은 거의 없었다. 그걸로 돈을 벌기는 불가능하다고 판단하고 도서관에 있는 아동 도서를 뒤져 초등학생 독서 논술 프로그램을 만들었다. 그리고 세종시 인터넷 카페에 광고를 올렸는데 수강생을 모으기가 쉽지 않았다. 문의하는 전화가 몇 통 걸려 오긴 했는데 수업을 받겠다고 성사된 것은 단 한 명이었다. 초등학교 3학년 아이였는데 그 아이와 단둘이 수업을 이어갔다.

그러다가 서울에서 대학원 선배들이 철학 강의를 하던 시민 대상 아카데미인 대안연구공동체라는 곳이 있다는 것을 알게 되어 그곳에서 강의를 해 봐야겠다는 생각이 들었다. 내가 처음 계획한 강의는 행복, 평등, 평화를 주제로 한 강의였다. 행복지수가 높은 북유럽 사회 이야기와 내가 쓴 소득상한제 이야기, 그리고 코스타리카의 평화 이야기를 엮어 강의할 생각이었다. 하지만 한 달이 지나도 수강 신청을 한 사람들이 아무도 없었다. 친구에게 이야기를 했더니 친구 말이 그런 제목으로는 사람들을 끌 수 없다고 했다. 그 대신 차별, 폭력, 억압 뭐 이런 제목이 훨씬 더 사람들에게 어필할 거라고 나에게 말해 주었다. 대안연구공동체 대표님 말씀으로는 아카데미를 찾는 분들 성향이 어려운 철학책 같은 걸 더 좋아하시니 들뢰즈 강의를 하면 좋겠다고 하셨다.

들뢰즈는 그때로 말할 것 같으면 나에게는 떠나간 옛 애인 같은 존재였다. 대학 시절엔 들뢰즈를 죽도록 사랑하여서 석사 논문을 들뢰즈에 대해 썼는데 그 뒤로는 애정이 모두 식어버려서 더 이상 거들떠보지도 않게 된 상태였다. 들뢰즈의 철학은 다루는 영역이 무척 광범위할 뿐만 아니라 난해하기로도 이름이 높다. 나는 대표님께 처음에는 들뢰즈 강의는 못 할 것 같다고 말씀드렸다가 밥벌이가 이도 저도 다 힘들어져서 나중에 할 수 없이 들뢰즈가 쓴 『니체와 철학』 강독 강의를 열게 되었다. 『니체와 철학』은 대학 시절 나에게는 바이블 같은 책이었다. 나는 대학 시절 세상에서도 삶에서도 아무런 의미를 찾지 못하고 시커먼 무의미의 심연 속에 빠져서 허무주의에 질식당하고 있었는데 들뢰즈의 『니체와 철학』은 그 바닥 없는 허무주의의 심연에 놓인 최후의 인간과도 같았던 나를 초인의 밧줄로 단번에 건져 올려준 저작이었다. 나는 들뢰즈를 알기 전에 니체를 무척 좋아하였었는데 들뢰즈의 『니체와 철학』을 읽고 나서 마치 나의 사랑 니체를 들뢰즈에게 얼마간 도둑맞은 것처럼 느꼈다.

나는 대학 시절 『니체와 철학』을 읽고 받았던 감동이 다시 떠올라 그때의 감동을 수강생들에게 함께 나누어 주고 싶은 생각이 들었다. 다행히 니체와 철학 강좌는 등록한 수강생이 열 명 정도 되었다. 그렇게 해서 나는 박사학위를 따고 나서 난생처음으로 철학 강의라는 것을 할 수 있게 되었다. 15년 철학 공부가 밥이 되지 않아 철학을 내팽개치고 나서 드디어 철학이 다시 나에게 밥이 되어 돌아온 역사적인 순간이었다. 첫 강의 시간이 되어 나는 대학 시절 들뢰즈에게 단번에 반하게 되었던 들뢰즈가 쓴 한 책의 짤막한 서문을 읽는 것으로 강의를 시작하였는데 순간 나도 모르게 코끝이 찡해지고 눈물이 핑 돌았다.

'철학은 권력이 아니다'라는 말로 시작하는 그 서문은 철학은 상대방과 싸우는 것이 아닌 자기 자신과의 끊임없는 싸움이라는 이야기로 끝을 맺는다. 아무튼 나는 그렇게 해서 철학이 나의 밥이 될 수 있다는 경험을 처음 하게 되었고 니체와 철학 강의의 수강생들 반응이 좋아 다른 들뢰즈 강의를 이어 개설하게 되었다. 그리고 얼마 안 있어 코로나가 터졌다. 수강생들이 급격히 줄었고 오프라인 강의는 모두 중단되었다. 강의를 뒤로 미루었다가 온라인상에서 강의를 재개했다. 수강생이 몇 명밖에 남지 않은 채로 강의는 마무리되었다. 이후에 다른 강의를 또 개설했지만 수강생이 모이지 않아서 강의를 시작할 수가 없었다. 강의 주제를 바꾸어가며 여러 차례 수강생을 모집해 보았지만 번번이 실패했다. 결국 철학 강의는 더 이상 이어갈 수가 없었다.

나는 하는 수 없이 인터넷 카페에 불어 과외 광고를 올려놓고 기다렸는데 운 좋게도 한 군데서 연락이 왔다. 학생들 중에는 불어 공부를 필요로 하는 경우가 별로 없었는데 마침 미국에서 고등학교를 다니고 있던 한 고등학생이 방학을 이용해 한국에 나왔다가 학교에서 제2외국어로 택한 불어를 배우려고 나에게 연락을 해 왔다. 그렇게 해서 또 겨우 입에 풀칠은 하게 되었다. 그 뒤로도 근근이 불어 과외로 겨우겨우 용돈을 버는 정도였고 정부에서 주는 프리랜서 재난지원금 도움으로 생활했다.

그러다가 우연히 장애인 센터에 자원봉사를 하러 갔는데 거기서 만난 장애인분이 장애인 활동지원사라는 직업이 있다고 알려주었다. 나는 장애인도 돕고 돈도 벌고 일석이조라는 생각이 들어 활동지원사를 하겠다고 했는데 자격증을 따려면 15만 원을 내고 네 시간씩 2주간 교육을 들어야 했다. 그런데 생각보다 교육을 듣는 것이 여간 고역이 아니었다. 특히나 나의 성향과 맞지 않는 강사님들 시간은 계속해서 듣고 있기가 너무 괴로웠다. 힘들게 2주간 교육을 마치고 활동지원사 일을 시작하였는데 일이 너무 재미없었다. 일이 너무 힘들다거나 내가 돌보는 장애인분과 마음이 안 맞는다거나 하는 일은 없었는데 다만 장애인분 단체 일을 도우려 매일같이 비슷비슷한 문서 내용을 몇 시간씩 타이핑하고 있자니 다시 영혼 없는 9급 공무원으로 돌아간 것만 같았다. 일을 끝내고 집으로 터덜터덜 돌아가는 길이면 우울한 기분이 나를 무겁게 가라앉혔다.

그러다가 다시 조현병이 찾아왔다. 망상 속에서 한참을 혼자 떠들다가 망상을 겨우 물리치고 나서는 늘어난 약 복용량 탓에 일상생활을 아무것도 할 수 없게 되어 버렸다. 그렇게 꼬박 한 달을 아무것도 못 하고 지내다가 약이 줄어들어 조금씩 정신을 차릴 수 있게 되자 나는 아무짝에도 쓸모없게 돼 버린 나 자신을 견딜 수가 없어서 밥벌이가 될 수 있을 만한 일은 무엇이든 찾아보려고 노력했다. 마침 인터넷 카페에서 식당 설거지 파트타임 일자리가 올라온 것을 보고 전화를 걸어 면접 약속을 했다. 그러고 나서 그 사실을 같이 사는 동생들에게 알렸더니 여동생도 남동생도 내가 할 수 있는 일이 아니라며 손사래를 쳤다. 손님들이 물밀듯이 밀려오는 바쁜 점심시간에 주방 일에 서툴고 굼뜬 내가 그런 일을 했다가는 식당에 민폐만 끼칠 거라고 했다. 동생들이 워낙 강하게 반대하는 의견을 말하여서 나는 문자를 보내 죄송하다는 말과 함께 면접 약속을 취소했다.

그 후로 나는 도대체 내가 무슨 수로 다시 밥벌이를 할 수 있을까 걱정이 태산 같아졌다. 그러다가 우연히 선배가 가르쳐준 강사 구직 사이트를 알게 되어 들어가 보니 거기에 대학 강사 공채 정보가 올라와 있는 것을 발견했다. 일반대학 말고도 서울시민대학이나 병영독서코칭 같은 자리에 지원할 수 있는 자격이 있었다. 그래서 지금은 그런 곳들에 지원서를 내놓고 결과를 기다리는 중이다.

그 사이트를 알기 전에는 귀농을 해야 되나 창업 준비를 해야 되나 다시 공무원 시험 준비를 해야 되나 별의별 생각을 다 하였다. 프랑스에서 먹었던 바게트 맛이 생각나 바게트를 만들어서 아파트 주민들한테 배달 장사를 할까도 생각해서 언니더러 바게트 만드는 책도 사달라고 했는데 한 번 만들어보고는 바게트 떡이 되어서 금세 다 포기해 버리고 말았다. 아무래도 나의 밥벌이는 책과 글 없이는 다른 걸로는 힘들 것 같은 생각이 든다.

독자 여러분들 중에도 밥벌이 걱정으로 힘드신 분들이 있을 것으로 안다. 힘드시겠지만 용기 잃지 마시라. 사업은 처음부터 너무 크게 벌이지 말고 간을 보면서 하시고, 사직은 사직 후의 다른 일이 어느 정도 준비되거들랑 하시는 게 좋을 것 같다. 하긴 내가 남더러 이래라저래라 할 팔자가 아니다. 나도 내 코가 석 자이기 때문이다. 나에게 딸린 남편과 자식은 없는 대신 그래도 같이 사는 식구들이 있으니 밥벌이를 못 할지언정 살면서 밥을 굶은 적은 없다. 냉장고엔 먹을 것이 가득한데 먹고 싶은 게 하나도 없어 배달 음식을 또 시켜 먹으면서 밥벌이 걱정을 하염없이 하고 있다.

나처럼 돈벌이하는 다른 가족이 있어 믿을 구석이 있는 경우는 모르겠지만 그렇지 않고 아무 기댈 데도 없이 하루 벌어 하루 먹고 살기 바쁜 정말 힘든 이웃들이 여전히 많다. 혼자 사는 청년들이 생활비를 아끼려고 하루에 한두 끼로 식사를 해결한다는 뉴스를 본 적이 있다. 또 보육원에서 퇴소한 후 노숙자가 되어 하루 종일 수돗물로 배를 채우던 한 청년 이야기를 유튜브 영상으로 본 적도 있다. 그런데 이재용 부회장 한 해 주식 배당금이 일반 회사원 봉급을 4천 년 동안 모은 금액이나 마찬가지라고 하니 이만큼 병들고 폭력적인 세상이 또 있을까 싶다. 독자 여러분들의 밥벌이가 독자 여러분들을 얼마간이라도 행복하게 하고 자연과 인간의 생명에 해를 끼치지 않는 일들이길 소원한다.

3

돈, 주식, 아파트 이런 것들

인생 최고의 목표를 돈벌이에 두는 사람들이 있다. 자나 깨나 어떻게 하면 더 많은 돈을 벌까 연구만 하는 사람들이 있다. 나는 어느 모로 보나 그런 종류의 사람은 아니다. 나는 돈복이 별로 없다. 돈을 싫어하지는 않지만 그렇다고 돈을 아주 많이 좋아하지도 않는다. 오죽하면 내가 하고많은 과 중에서 철학과를 갔겠나. 학부 시절 철학에 혹했던 것도 한 철학 강의 시간에 교수님 말씀이 돈도 명예도 다 부질없는 것이라 하시기에 그 말씀에 빽 가서 철학 공부에 내 인생을 걸겠다고 다짐한 것이다. 돈을 많이 벌어 놓은 다음에 돈이 부질없다는 것을 나중에 깨달았으면 사는 길이 편했을 텐데 돈도 쥐뿔도 없는 상태에서 돈이 부질없다는 것을 너무 일찍 깨달아 나의 인생이 그리 평탄하지가 못했다.

하지만 돈을 많이 버는 것이 좋은 건가? 많이 버는 것이 좋은 거면 얼마나 많이 벌어야 하는 것인가? 예전에 한 번 어느 곳에서 강의 의뢰를 받았는데 『돈의 속성』이라는 베스트셀러를 가지고 강의를 해 달라고 한 적이 있다. 그 책의 저자는 무일푼으로 미국에 건너가 자수성가하여 다국적 기업을 여럿 거느린 큰 부자가 된 사람이었다. 내가 쓴 소득상한제는 백 권 팔기도 어려운 지경이었는데 그 책은 무려 400쇄를 연속해서 찍어낸 기록적인 책이었다. 그 말인즉슨 너도나도 부자가 되고 싶어 그 책을 사 본 사람이 그렇게나 많다는 의미일 것이다. 그 책을 사 보신 분들은 다 그렇게 부자가 되었을까? 그 책의 저자는 누구나 열심히 노력하면 억만장자는 아니어도 백만장자는 되기 쉽다고 한다. 그 책의 독자들 중 몇 명이 백만장자가 되었을까?

돈은 기업이 성장한다고 같이 늘어나는 게 아니다. 이걸 착각하면 안 된다. 은행이 돈을 더 찍어내지 않는다면 이미 만들어 놓은 돈의 총액이 더 늘어날 리가 없다. 어떤 기업이 성장을 해서 돈을 많이 벌면 그것은 소비자들의 호주머니에서 돈이 그 기업으로 이전된 것이지 그 기업이 없던 돈을 만들어낸 것이 아니다. 다른 말로 하면 내가 돈을 많이 벌었다는 것은 돈을 잃은 사람들도 그만큼 많다는 뜻이다.

물론 기업의 제품이나 서비스를 내 돈을 내고 사는 것은 그 기업이 강제한 것이 아니라 어디까지나 내 자유라고 말할 수도 있겠다. 그러나 그러한 강제와 자유 사이에는 얼마만 한 차이가 있는 것일까? 나는 아마존에서 책을 사고 싶지 않아도 아마존이 이미 다른 중소 서점들을 다 먹어치웠다면 내가 아마존 책을 사는 것은 나의 자유인가 아마존의 강제인가? 사람들이 중소 서점들 대신 아마존을 선호했기 때문에 아마존이 중소 서점들을 먹어치울 수 있었다고 해 보자. 그렇다고 해서 아마존 혼자 너무도 막대한 수익을 전부 독식하도록 내버려 두는 것이 사회에 바람직한 일인가? 그리고 더 정확히 말하면 수익을 독식하는 것은 아마존의 일부 경영진일 테고 아마존 다수의 노동자들은 아닐 것이다.

돈은 지나치면 독이 된다. 지나친 돈을 가지고 있는 사람에게는 낭비가 되고 그렇지 못한 사람에게는 폭력이 된다. 내가 소득상한제를 주장하는 이유가 그러한 데에 있다. 돈이 잘 분배되어 있지 않으면 사회 전체가 건강을 잃고 병들어가기 때문에. 그런데 무지한 자들은 부자들 편을 들며 소득상한제가 부자들 돈을 도둑질하는 것이라고 말한다. 돈 이야기는 이쯤 하자. 돈 얘기를 너무 오래 하면 밥맛이 떨어지니까.

돈 말고 사람들이 또 좋아하는 게 주식이 있다. 나는 원래 처음엔 주식을 혐오했다. 앞으로 무슨 종목 주가가 몇백 프로 오른다느니 어쩐다느니 하는 경제신문 기사들을 보고 있으면 대한민국 전체를 불사르고 싶은 심정이 되었었다. 나는 국민들 전체의 경제를 생각하지 않고 오직 나만의 경제, 내 가족만의 경제에 열을 올리는 한미일의 사회적 분위기에 학을 떼었었다. 그래서 대학 시절 한미일은 쫄딱 망해라 하고 노래를 부르고 다녔었다.

그러던 어느 날 나에게도 주식 시장의 문이 열리는 순간이 찾아왔다. 하루는 아침에 눈을 떠서 인터넷 뉴스 기사들을 살폈는데 한 기사에 지금 철강주를 매수하면 대박이라는 내용이 실렸다. 나는 그날도 어김없이 끓어오르는 분노를 느끼며 돈과 주식에 환장해 있는 세상을 원망했다. 그때는 무더운 여름날이었는데 오후가 되어 외출을 할 일이 있었다. 거리를 지나는데 한 건장한 노동자가 어깨에 무거운 철근을 메고 땀을 뻘뻘 흘리며 내 앞에서 걸어가는 것이 보였다. 순간 아침 뉴스 기사에서 보았던 철강주 이야기가 머리에 스치고 땀을 흘리는 노동자의 모습에 자본주의 타도를 외친 마르크스의 음성이 스쳤다. 그러자 나는 금세 개 같은 세상 나도 주식이나 해 보자 하는 마음으로 바뀌었다. 그래서 그날 갖고 있던 돈을 털어 한 철강회사 주식을 샀다. 전 재산이라고 해 봤자 몇백 되지 않았다. 70프로 수익을 보고 팔아치웠다.

처음 산 주식으로 번 돈은 맛이 꽤 짭짤했다. 그래서 그 이후로 다른 주식을 계속 사게 되었다. 모든 주식이 다 수익이 돌아온 건 아니었지만 대북주에 투자하고 싶어 샀던 한 전기회사 주식이 또 엄청 올라서 친구랑 기분 좋게 나눠 먹었다. 어쨌든 총 투자액을 따지면 많이 번 셈이었다. 그러다가 한 번 크게 깨진 적이 있었는데 그 사정은 이러하다. 나는 환경 문제에 관심이 생겨 좋은 게 없을까 하고 살펴보던 중 동물들 분뇨를 재활용해서 만드는 바이오가스 기업이 있길래 그 주식을 왕창 샀다. 그런데 이명박 정부가 미국 소고기를 수입하는 바람에 국내에서 사육하던 소가 줄어들고 그 바람에 덩달아 소 배설물까지 사라져 바이오가스 사업이 위축되었다. 가뜩이나 평소에도 이명박을 싫어하던 내가 이명박을 더 더욱 증오하게 된 사건이었다.

그 후로 주식 할 맛이 떨어져 당분간 주식은 더 이상 사지 않았다. 그러다가 예금 이자가 떨어지면 또다시 주식을 사고픈 유혹에 빠졌다. 주식을 사고팔고 사고팔고 하다가 마지막으로 주식으로 돈을 번 것은 코로나 기간 때 한국은행이 돈을 왕창 풀어서 코스피가 날개를 달고 훨훨 날아다닐 때였다. 그때는 너도나도 많은 개미들이 주식으로 돈 버느라 정신이 없었다. 그러고 나서 다음 해에도 나는 주식을 계속했는데 그 이후에는 코스피가 다시 고꾸라져 정신을 못 차리게 되었다. 두 해의 손익을 따져보니 얻은 것보다 잃은 게 더 많았다. 앞으로 금융위기가 또 한 번 더 찾아온다 어쩐다 말이 많길래 그 뒤로 가지고 있던 국내 주식은 다 팔아치워 버리고 백만 원어치 샀던 생분해플라스틱 기업의 해외 주식만 남겨 두었다. 나중에 해외 주식은 마이너스 80프로가 넘게 떨어졌는데 더 이상 주식 같은 것은 하기가 싫어져서 남은 것을 몽땅 팔아버리고 휴

대폰에서 증권 앱을 전부 지워버렸다.

한국 사람들이 사랑하는 대표적인 것으로 돈과 주식 말고 아파트라는 것이 있다. 이야기가 아파트로 가면 내 팔자가 조금은 달라진다. 세종시 공무원이 되고 나서 세종시 공무원들에게 아파트 분양권을 주는 특별공급이 있다는 것을 알게 되었다. 너도나도 주변에서 그건 당첨되면 로또 맞은 거니 반드시 해야 하는 거라고 하길래 해야 되나 보다 하고 나도 신청을 했다. 공무원이 된 첫해에 두 번을 신청했는데 두 번 다 떨어졌다. 그러고 나서 다음 해에도 또 떨어질까 봐 일부러 경쟁률이 높은 30평대는 피하고 42평으로 신청을 하였더니 이번에는 당첨이 되었다. 분양가가 4억 6천만 원이었는데 문재인 정부 임기 도중 집값이 천정부지로 치솟아 지금은 10억이 넘어간다고 한다.

독자들 중에는 집이 있는 분들도 계시고 없는 분들도 계실 것이다. 녹색당에서는 1가구 3주택 이상의 소유를 금지하는 정책이 있다. 나는 이것이 어서 현실화되어야 한다고 본다. 그와 더불어 무주택자도 편하게 살 수 있는 법안이 같이 마련되어야 한다. 임차 기간을 이삼십 년으로 대폭 늘리고 임대사업자든 아니든 연 5프로 이상 임대료를 올리지 못하게 해야 한다. 이 같은 강력한 정책들 없이는 누가 대통령이 돼도 집값은 절대 못 잡는다고 장담할 수 있다.

월급쟁이 평균 소득이면 빚내지 않고 저축한 돈으로 적어도 십 년 안에는 집을 살 수 있게 해 줘야 한다. 미친년 널뛴다고 하는 것은 대한민국 집값을 보고 하는 소리다. 우리 집 아파트는 전체가 40층이나 된다. 고층 건물은 철근이 많이 들어가고 철근을 만들려면 온실가스를 내뿜고 엄청난 물을 소비해야 한다. 따라서 고층 아파트는 전혀 친환경적이지 않다. 누구 좋은 일 시키려고 이렇게 신도시에 주야장천 아파트를 지어대는 것인지 모르겠다. 주거지 조성이 대기업들에게 맡겨져 장사판이 되니 성냥갑 같은 아파트들이 어딜 가나 도시 미관을 해치고 이웃들 간에 삭막한 분위기를 조성한다. 처음 정부에서 세종에 신도시를 짓는다고 했을 때 나는 유럽 마을 같은 포근하고 아기자기한 이미지를 상상했었는데 지금 세종시는 온 동네가 아파트 천지이다.

재물이 너무 없으면 살기가 힘들어지는 것은 당연한 이치다. 하지만 삶의 다른 가치들을 전부 경제적 부로 환원하여 인생의 대부분의 시간을 오직 돈 버는 일에만 쏟는다면 그것만큼 슬프고 애석한 일도 없는 것 같다. 모두가 공유해야 할 부와 자산들을 사적인 테두리에 가두고 각자가 개인의 재산만을 불리기 위해 이전투구를 하는 세상을 그대로 지속시켜서는 안 될 것이다. 나는 독자 여러분들께 대박이 나시라거나 백만장자가 되시라거나 하는 말씀은 별로 드리고 싶지 않다. 다만 독자 여러분들의 경제적 삶이 여러분들의 생명과 건강을 해치지 않을 만큼 윤택하고 또한 동시에 다른 이의 생명과 건강도 침해하지 않을 만큼 적당한 수준에서 유지되신다면 좋을 것 같다.

4

행복이란 뭘까

행복이란 뭘까? 나도 잘 모른다. 어려운 질문임에 틀림없다. 하지만 누구나 행복한 기분을 느껴보면 내가 행복하다는 것을 쉽게 알 수 있을 것이다. 최근에 내가 행복했었다고 느꼈을 때는 작년에 조현병 증상이 다 사라지고 강의를 하면서 책을 쓰며 지내고 있었을 때다. 그때는 돈을 많이 벌어 지나치게 풍족하다거나 아니면 돈이 없어 허덕이고 있을 때도 아니고 그냥 딱 적당한 만큼만 가지고 적당한 만큼만 일하고 적당한 만큼만 휴식하며 큰 탈 없이 하루하루를 보내던 때다.

젊은 시절엔 대개 이보다는 더 치열했던 것 같다. 항상 무언가 해야 할 일이 많다고 느껴지고 무언가를 하고 있지 않으면 남들보다 뒤처진다는 강박관념 같은 것이 있었다. 아마도 이런 생활 습관과 리듬이 비단 젊은 시절의 나에게만 해당되는 일은 아닐 것이다. 많은 한국 사람들, 특히 대도시의 사람들은 매일같이 과중한 업무에 쫓기듯 삶을 살아가고 휴식 시간이 좀 오래 길어지면 어딘가 불안하고 초조해하는 걸 볼 수 있다.

나도 그러했다. 나는 천성적으로 잠이 많은 체질인데 항상 나는 그것이 고쳐야 할 점이라고 부정적으로만 생각했다. 그러한 생각은 이미 입시지옥인 학교 안에서부터 자연스럽게 형성된다. 사당오락이라느니 내가 잠들어 있는 동안 친구의 책장이 넘어가고 있다느니 경쟁을 내면화시키는 사회 논리에 묻혀 잠자고 휴식하는 활동은 무가치한 일로 취급된다. 또 학교 밖을 나가도 마찬가지다. 아침형 인간이 성공한다느니 남들보다 두 배로 뛰어야 부자가 된다느니 근면 · 성실함을 과대포장 한 갖가지 성공 이데올로기가 우리 사회 안에 판을 친다.

반면 행복지수가 높다고 알려진 북유럽 사람들은 한국 사람들처럼 이렇게 장시간 노동하지 않는다. 식사 후 가족이나 직장 동료들과 둘러앉아 기분 좋게 담소를 나누는 시간들이 그들에겐 매우 소중한 일과다. 고속의 압축성장을 일구어낸 한국의 역사와 문화가 아직까지도 현대 한국인들의 몸에 습관처럼 배어 있어 잘 떨어지지 않는 것 같다.

행복을 느끼려면 무엇보다 내가 좋아하는 일을 하고 있어야 한다. 나는 밥벌이를 해결하려 남들이 좋다는 공무원이 되었어도 하나도 행복하지가 않았다. 남들 눈에 좋아 보이는 짓을 백날 하고 있어 봤자 내가 싫은 일을 행복하게 할 수는 없는 노릇이다. 또 내가 좋아서 시작한 일도 마찬가지다. 시작은 좋게 하였어도 내가 나를 속박하며 내가 나의 노예가 되어 휴식도 없이 아무 즐거움 없는 일을 주야장천 하고 있다면 그 역시도 행복한 상태는 아닐 것이다. 행복이 무엇인지 간단히 정의하기는 어렵지만 오늘과 같은 내일이 또 반복되어도 좋으냐는 질문에 북유럽 사람들은 많은 이들이 예라고 대답한다고 한다. 이와 똑같은 질문에 예라고 대답할 수 있는 한국인들은 과연 얼마나 될까?

내가 아주 행복을 느꼈던 또 다른 때가 있다. 그것은 내가 서른다섯 살 때 조현병에 걸렸을 때다. 그때 망상 속에서 내가 사랑하고 나를 사랑하는 국정원 직원이 한 명 나타났는데 그 사람은 국방부와 정보기관 없는 평화로운 세계를 꿈꾸는 사람이었다. 나와 꿈꾸는 세계가 너무 같아서 나는 그 사람과 함께 있는 것이 너무도 행복했다. 그렇게 보면 사랑이라는 것이 사람들을 아주 행복하게 해 주는 것 같다.

그렇다면 사랑이란 무엇일까? 나의 생각으로는 사랑 속에 있는 사람들은 무한히 자유로운 사람들 같다. 상대방과 함께 같은 방향을 바라보고 있는 것이 어떠한 억압이나 구속도 아닌 스스로의 내부로부터 발원하고 있음을 상대방과의 교감으로부터 체험할 수 있는 상태를 사랑이라 부를 수 있다면 그것은 상대방과 함께 있으면서도 상대에 의해 어떠한 한계 지어짐을 경험하는 것이 아니라 오히려 그 반대로 한계를 열어젖히고 확장시키는 무한한 자유의 체험이 될 것이다.

들뢰즈가 철학자 중의 철학자라 칭송하는 17세기 네덜란드 철학자 스피노자는 최고의 행복으로 가는 길이 신에 대한 지적 사랑에 있다고 했다. 스피노자가 말하는 신은 기독교에서 말하는 인격적인 신이 아니다. 스피노자에게 있어 신은 곧 자연, 또는 세계 전체와 동의어이다. 우리 유한한 존재자들은 무한한 자연 안에서 자신들 각자의 존재 역량을 발휘하며 신의 모습을 표현하고 있다.

신에 대한 지적인 사랑을 한다는 것은 우리들이 세계 안에서 이루고 있는 연관 관계를 적합하게 인식하고 그것이 곧 세계 전체를 이루고 있음을 파악하는 것이다. 신은 무한한 존재이기 때문에 기뻐하거나 슬퍼할 일이 없지만 우리 인간들은 다른 유한한 존재자들과의 마주침 속에서 필연적으로 기쁨이나 슬픔의 정서를 경험한다. 기쁨은 슬픔과 달리 우리의 존재 역량을 증대시킨다. 만일 우리 모두가 동시에 기쁨의 상태가 된다면 우리들의 역량은 최고치에 이르러 무한한 신의 역량에 다가갈 것이다.

내가 망상 속에서 국정원 직원을 사랑하여 행복을 느꼈던 것은 그의 기쁨과 나의 기쁨이 놓인 세계가 다르지 않았기 때문일 것이다. 하지만 그것은 어디까지나 나의 망상 속에서 벌어진 일이다. 우리의 세계에는 버젓이 국방부도 존재하고 정보기관도 존재한다. 내가 꿈꾸는 세계에는 군대도 없고 무기도 없다. 모두의 기쁨이 모여 모두의 존재 역량이 최고가 되는 세계는 어떤 모습의 세계일까? 독자 여러분들이 모두가 행복해지는 세상, 모두가 자유로워지는 세상이란 존재하지 않는다고 말할지도 모르겠다. 하지만 그러한 세상이 아직 존재하지 않는다는 그 사실만으로도 그러한 세상을 꿈꾸어야 할 이유가 충분한 것은 아닐까?

5

여행의 의미

나는 여행을 별로 좋아하지 않는다. 내가 집 말고 꼭 가보고 싶었던 곳은 대학 시절 프랑스가 전부였다. 프랑스에서 유학할 동안에도 언니와 동생이 같이 가자고 해서 이탈리아를 한 번 여행했던 적을 빼고는 프랑스 주변 유럽 나라들을 한 군데도 간 적이 없다. 프랑스에 가고 싶었던 것은 프랑스 철학을 공부하고 싶었던 것이 그 목적이었고 다른 곳은 여행할 목적이 아무것도 없었던지라 여행을 필요로 할 까닭이 없었다. 나는 사실 그저 풍경과 음식을 즐기러 떠나는 여행에는 아무 관심도 없다. 그런 목적으로 여행을 다녀봤자 시간과 돈, 에너지만 낭비할 뿐이다. 그리고 거기서 남는 것은 온실가스와 쓰레기, 그리고 여기저기서 찍어댄 사진들뿐이다.

나의 첫 해외여행은 대학원 시절에 떠났던 중국 여행이었다. 대학원에서 중국철학 교수님과 대학원생들이 같이 저렴한 배편으로 공자 마을인 곡부와 북경을 여행했다. 그때도 마찬가지로 나는 여행하고 싶은 마음이 하나도 없었는데 가족들이 어서 꼭 다녀오라고 하도 성화를 하여서 마지못해 다녀오게 되었다. 마지못해 억지로 가게 된 여행이 크게 즐거울 리가 없었다. 북경에서 천안문과 만리장성을 가보았는데 엄청난 규모에 무슨 감흥을 얻은 것이 아니라 걸어야 할 길이 너무 멀어서 힘들고 짜증만 났다. 게다가 당시에는 대낮인데도 중국의 공장 굴뚝에서 시커먼 연기가 정화되지도 않은 채 뿜어져 나오고 있어서 하루 종일 밖에서 걸어 다닌 날은 저녁이 되면 목이 칼칼해서 따끔거릴 지경이었다.

곡부는 굉장히 가난한 시골 마을 같았는데 저녁 늦게 거리에서 장이 선 곳을 둘러볼 기회가 생겼다. 대학원 선배들과 과일을 사려고 둘러보다가 사과를 발견하고 사과를 사게 되었는데 당시 우리 돈으로 5백 원 정도를 건넸더니 다 먹을 수도 없을 정도로 많은 양의 사과를 큰 봉지로 두 봉지 가득 담아주었다. 사과는 팔 수 있는 상품이라고 하기가 많이 힘들 정도로 벌레가 많이 먹고 시들시들한 상태였다. 그런데 사과를 팔러 나온 젊은 부부의 눈빛이 어찌나 선량하고 사슴처럼 맑았던지 그 눈빛을 보고 있자니 사과를 전혀 탓할 수가 없었다. 자본주의 사회로부터 때 묻지 않은 그 부부의 갓난아기 같은 맑은 눈빛이 아직까지도 쉽게 잊히지 않는다. 또 한 가지 숙소로 돌아오는 길에 버스 차창 밖으로 보이는 북경의 야

경도 아름다웠다. 다만 곡부에서 먹었던 모든 음식들에서 똑같은 맛이 나는 이름 모를 향신료가 들어 있었는데 그 맛이 마치 담뱃재 맛과도 같아서 당최 음식을 마음껏 먹을 수가 없었다.

내가 두 번째로 방문한 나라는 베트남이었다. 대학 때 단짝이었던 친구가 한국어 교사 일을 하면서 베트남에서 일이 년 정도를 살았는데 그때 친구가 초청을 하여서 혼자 베트남에 날아가게 되었다. 친구는 호찌민에 살고 있었는데 내가 베트남에서 기겁한 건 바퀴벌레였다. 우리나라 바퀴벌레 몸집의 대여섯 배는 되는 것들이 길거리를 나가면 여기저기서 긴 다리로 겅중겅중 걸어 다니고 죽은 시체들도 곳곳에 널려 있고는 했다. 나는 벌레 공포증이 있었기 때문에 거리를 걷다가 행여나 바퀴벌레를 밟을까 봐 초긴장 상태를 유지하며 조심조심 걸어 다녔다. 집 안에는 가끔씩 도마뱀도 출몰했는데 아주 작은 초록색 새끼 도마뱀들이어서 그것들은 귀여운 편에 속했다.

베트남에는 차보다 오토바이가 훨씬 많았다. 친구가 아는 학생을 만난 날이 있었는데 그 학생이 오토바이를 타고 와서 나도 오토바이 뒷자리에 태워 주었다. 친구가 베트남 경찰들의 부패가 심각하다는 사실을 알려 주었던 것이 기억난다. 베트남전 때 베트콩들이 미군과 교전하면서 파놓은 땅굴도 견학했는데 땅굴 안으로 직접 들어가 보았더니 허리를 펼 수 없을 정도로 굉장히 낮고 비좁았다. 체구가 조금만 커도 들어가기가 매우 힘들어 보였다. 관광버스 안에서 땅굴을 소개해 주던 베트남 가이드 아저씨 목소리에 베트남전에서 미국을 물리친 베트남인들의 자부심이 역력히 남아 있었다.

그리고 세 번째로 간 나라가 바로 프랑스다. 내가 처음 어학연수를 한 곳은 캉이라는 노르망디 지역의 작은 지방도시였는데 첫날 저녁 택시를 타고 기숙사로 향하면서 마치 무슨 동화 속에 나오는 마을에 찾아온 것 같은 기분이 들었다. 작고 아담한 예쁜 집들과 길과 주변 나무들이 어우러져 한 편의 동화책 그림을 펼쳐놓은 것 같았다. 또 영화에서 튀어나온 배우들같이 키 크고 멋진 남자들도 거리에서 마주칠 수 있는 일이 많았다.

캉에서 4개월을 보내고 파리로 거처를 옮겼는데 파리는 도시 전체가 마치 하나의 거대한 미술관 같았다. 한동안은 파리 안에 있는 미술관들을 하나씩 다 둘러보느라 시간을 많이 할애했다. 그런데 1년이 가고 2년이 가고 파리의 빡빡한 삶에 치여 살다 보니 어느새 아름답고 화려한 성당이며 미술관이며 에펠탑이며 하는 것들이 그저 여느 날과 다름없는 무미건조한 배경처럼 아무 관심도 가지 않게 되었다. 또 파리는 내가 관광을 목적으로 간 것이 아니라 거주를 하러 갔었기 때문에 집을 구하는 문제나 다른 생활 관련 문제들로 골치 아픈 경험을 많이 한 터라 여느 관광객들이 생각하는 파리와 내가 느끼는 파리 사이에는 커다란 간극이 있는 것 같다.

마지막으로 여행한 나라는 이탈리아다. 언니와 동생이 같이 한국에서 날아오고 나는 프랑스에서 있던 중에 이탈리아에서 같이 만나기로 약속을 했다. 이탈리아에서는 안 좋은 기억이 많다. 우리 자매는 로마에서 만나 피렌체를 여행하려고 기차역에서 피렌체로 가는 왕복 기차표를 끊었는데 기차표를 끊는 도중에 표를 파는 직원과 싸움이 났다. 친절함이라고는 찾아볼 수 없고 좀 유별난 말투와 과장된 제스처를 가진 직원이었는데 언니가 준 푯값을 받아놓고 우리에게 돈을 받은 적이 없다고 끝까지 우기며 성을 냈다. 그러고는 경찰을 불러오겠다며 역내에 있던 경찰을 데려왔다. 우리는 황당한 나머지 돈을 이미 건넸다고 수차례 이야기를 했지만 우리 말을 믿어주지 않아 울며 겨자 먹기로 돈을 다시 지불해야 했다.

피렌체에서 하루를 보내고 저녁이 되어 로마로 다시 돌아오려던 우리는 더 황당한 일을 겪었다. 로마에서 표를 끊어준 직원이 화를 내면서 덤빈 언니를 골탕 먹이려고 우리에게 말도 없이 돌아오는 기차표를 우리가 내린 역에서 멀리 떨어진 다른 역에서 출발하는 티켓으로 끊어준 것이었다. 우리가 끊은 기차는 막차였는데 다행히 역에서 출발지를 변경해 주어서 무사히 로마에 있는 숙소로 돌아올 수 있었다.

로마에는 소매치기가 무척 많다. 어느 정도로 많은가 하면 로마의 관광지에서 버스나 지하철을 탈 땐 으레 소매치기와 같이 타고 있구나 하고 생각하면 된다. 또 소매치기 기술도 무척 뛰어나다. 나는 그런 사실을 잘 모르고 한번은 혼자서 만원버스를 탔다가 영락없이 소매치기를 당했다. 그때 나는 큰 주머니가 달린 카고바지를 입고 있었는데 주머니에는 똑딱단추가 달려 있었다. 나는 지퍼가 달린 헝겊 지갑에 돈과 다른 것들을 넣고 지퍼를 잠근 후 그 지갑을 카고바지 주머니에 넣고 똑딱단추를 잠가 두었다. 나는 한쪽 손에 물병을 들고 있었는데 버스 안이 하도 만원인 데다 버스도 많이 흔들려서 다른 손으로는 버스 기둥을 붙잡아야 했다.

사람들로 버스 안이 매우 혼잡했는데 키가 좀 작은 한 남성이 나와 바짝 붙어 서 있었다. 그런데 그 남성이 뭔가 혼자서 힘들게 낑낑대며 서 있는데 나는 처음에 그가 성추행범인 줄 착각을 했다. 버스가 정류장에 멈춰 서고 버스 뒷문 앞을 빈 유모차로 막고 서 있던 다른 남성과 그 남성이 사람들과 함께 내렸다. 나는 내가 내려야 할 정류장에 내린 다음에야 소매치기를 당한 것을 알아차렸다. 소매치기범은 내 바지의 똑딱단추를 열고 그 안에 손을 집어넣어 지갑의 지퍼까지 열고 지갑 안에 있던 다른 것들은 다 놔두고 돈만 쏙 골라서 훔쳐 갔다. 그때 그 돈이 몇십만 원가량 되었었는데 나는 돈을 잃어버린 분노나 좌절감보다 그 소매치기범의 스킬이 너무 놀라워 감탄해 마지않을 수 없었다.

그리고 로마에서 또 한 번은 유명한 관광지 바로 앞에 있던 굉장히 큰 레스토랑에서 스파게티를 시켜 먹은 적이 있었는데 접시에 담겨 온 스파게티 상태가 만든 지 이삼 일은 지나 보이는 처참한 상태에 놓여 있었다. 소스는 면에 떡이 져서 엉겨 붙어 있고 면은 통통 불어서 도저히 먹을 수가 없는 지경이었다. 음식값을 지불하지 않고 몰래 도망 나오고 싶은 심정이었지만 웨이터의 감시의 눈길을 피하지 못하고 결국 돈을 지불할 수밖에 없었다.

내가 경험한 이탈리아는 부패한 마피아 세력들로 인해 전 세계 사람들로부터 벌어들이는 엄청난 관광 수입에도 불구하고 다수 국민들이 힘들고 고된 생활을 하고 있는 나라로 보였다. 관광지에서 만난 이탈리아 사람들 얼굴이 하나도 행복해 보이지 않았고 대다수가 무뚝뚝한 표정에 대꾸를 할 때면 친절한 미소나 웃음을 찾아보기가 힘들었다.

이렇게 내가 여행한 다른 나라는 네 곳이 전부다. 국내 여행은 주로 가족들이 가자고 조르면 마지못해 따라나서는 경우가 대부분이고 혼자서 여행하는 일은 별로 없다. 국내 여행 중 내가 잊을 수 없는 체험을 한 적이 딱 한 번 있었는데 언니와 갔었던 덕유산 여행이 그랬다. 덕유산을 등반하러 갔었는데 그날 날씨가 궂어서 진눈깨비가 날리고 하늘은 온통 먹구름으로 뒤덮여 있었다. 산을 오르다 중간에 다시 돌아서 내려갈까 말까 망설이기도 했지만 진눈깨비를 헤치며 길게 선 사람들의 줄을 따라 정상을 향해 힘겹게 한

걸음 한 걸음 내딛다가 드디어 정상에 오르게 되었다.

그러자 갑자기 하늘 위의 먹구름들이 자연 다큐멘터리 영상에서 필름을 빠른 속도로 움직일 때 그러는 것처럼 순식간에 엄청나게 빠른 속도로 흩어져 달아나더니 구름 사이로 빛줄기가 내려와 닿으며 마치 하늘이 두 조각으로 열리는 것 같은 놀라운 광경이 펼쳐졌다. 천지가 개벽한다는 말을 실제로 내 눈을 통해 실감할 수 있었던 날이었다.

그때의 경험을 제외한다면 보통의 다른 여행들에서 내가 느끼는 즐거움은 사실 그다지 크지 않다. 아무리 멋있는 풍경이 펼쳐지고 아무리 맛있는 음식이 놓여 있어도 나의 마음이 즐겁고 새롭지 않으면 나의 몸을 어느 공간으로 옮겨 놓든 그로 인한 기쁨 역시 그리 남다를 것이 없다. 반면 굳이 나의 몸을 멀리 이곳저곳으로 움직여 놓지 않아도 나의 마음과 깨달음이 전과 같지 않게 새로워진다면 그것은 그 어떤 여행보다도 나의 삶에는 값진 보물이 된다.

너무 잦은 발걸음과 움직임은 때로는 내면으로 고요히 떠나는 여행을 방해한다. 자동차나 비행기로 떠나는 여행이 지구 온난화로 인한 지구 생태계를 파괴하는 데 일조하게 된다면 그러한 여행으로 오직 나만의 기쁨과 즐거움을 찾는 것은 다른 생명들에는 단지 파괴적이고 부정적인 영향만을 끼치게 될 수도 있다.

사실 사람들이 쉽게 여행을 찾는 것은 나의 일상이 여행처럼 즐겁고 새롭지 않아서다. 스트레스로 가득한 일상을 견디기 힘들어 여행을 통해 잠시라도 여유와 휴식을 갖기 위함일 것이다. 우리의 일상이 곧 휴식이고 재밋거리라면 굳이 일상을 떠나 어디론가 도피할 일도 없을 것이다. 우리가 사는 마을 주변에 아늑하고 아름다운 자연이 펼쳐져 있고 우리의 노동이 자발적이고 자율적인 최소한의 시간만을 요구한다면 노자가 말하는 소국과민(小國寡民)의 이상향처럼 이웃 나라에서 노랫소리가 울려 퍼져도 구태여 이웃 나라를 여행하기 위해 나의 마을과 우리나라를 떠날 일이 생기지 않을 것이다.

물론 여행이 모두 불필요하고 나쁘다는 뜻은 아니다. 하지만 다른 지역의 문화와 역사, 생활 방식에 대한 아무런 이해와 배움도 없이 그저 먹고 마시고 사진 찍고 놀기 위해 시간과 에너지를 소비하는 여행을 습관적으로 해대는 것은 기후 위기 시대에 지양해야 할 모습이 아닌가 한다.

6

인생이란 뭘까

인생이란 무엇일까? 삶이란 무엇이고 죽음이란 무엇일까? 20년 가까이 철학 공부를 해 왔지만 이런 물음들에 답하기는 여전히 쉽지 않다. 각자가 경험하고 있는 삶의 의미와 삶의 무게가 다 다른 만큼 '삶이란 이런 것이다'라고 한마디로 정의 내리기란 아마도 불가능할 것이다. 나는 무신론자다. 나는 예수도 부처도 알라도 신이라고는 생각하지 않는다. 만일 신이란 것이 있다면 아마도 스피노자가 말한 무한한 자연이라는 신이 있을 뿐일 것이다.

나는 사후세계 같은 것은 믿지 않는다. 내가 이 세상에 태어나기 전 아무런 기억을 갖고 있지 않듯이 아마 내가 죽은 후에도 나의 상태는 내가 태어나기 전의 상태와 비슷할 것이다. 천국과 지옥 같은 것이 있다고는 생각지 않는다. 죽어서 심장이 멎고 숨이 멎었는데도 나의 영혼이 살아서 이곳저곳을 돌아다니리라고는 생각되지 않는다. 젊었을 때 나는 아주 잠깐 기절한 적이 있었는데 나의 의식은 온데간데없었고 아무런 생각도 느낌도 존재하지 않았다. 아마 죽음도 이와 비슷할 것이다.

그렇다면 언제까지 살아야 가장 적당한 것일까? 젊은 시절 나는 요절한 인물들을 동경하는 버릇이 있었다. 학생 시절 시인 이상과 가수 커트 코베인은 나의 우상이었는데 그들이 모두 스물일곱에 사망하여서 나도 스물일곱까지만 살아야지 하고 생각을 했었다. 하지만 스물일곱은 생각보다 꽤나 빨리 찾아왔고 스물일곱이 되자 인생은 더 오래 살 만한 가치가 있는 것으로 생각이 바뀌었다.

살면서 자살을 하고 싶었던 때가 몇 번 있었다. 더 정확히 말하면 죽고 싶었다기보다 살기 싫었던 때가 몇 번 있었다. 나는 나의 몸을 끔찍이 아끼는 터라 살기가 싫다고 해서 칼로 손목을 긋는다거나 줄로 목을 매단다거나 독극물을 들이켠다거나 하는 생각은 단 한 번도 해 본 적이 없다. 고등학생 때부터 나는 우울증이 좀 있었는데 이것이 대학에 들어와 증세가 엄청나게 심해진 적이 있었다. 살아야 할 아무런 가치도 의미도 없어져서 밥도 먹는 둥 마는 둥 하고 하루 종일 침대에 쓰러져 움직이지도 않고 몇 날 며칠을 보냈었다. 그러다가 나중에는 우울증이 조울증으로 둔갑을 하여서 병원에 입원하게 되었다. 그 뒤로는 죽고 싶다는 생각 없이 오랫동안 잘 살았다. 서른다섯에 조현병이 생기긴 하였지만 죽고 싶지는 않았다.

그러다가 서른일곱에 강사 자리를 구하지 못하면서 다시 살기가 싫어졌다. 자살하고 싶지는 않았기 때문에 인간의 수명이 40세이기를 간절히 바랐다. 그 이후에는 공무원 생활에 회의가 들면서 또 그런 시간들이 찾아왔다. 그리고 가장 최근에는 조현병 약물 부작용으로 힘든 시간을 겪었다. 그렇게 지내 놓고 보니 살려고 아등바등 용을 쓰는 것이 다 부질없는 짓이라는 생각이 든다. 이렇게든 저렇게든 살다 보면 다 살아가게 마련이고 무슨 커다란 운수나 대박을 바라는 것도 별 쓸데없는 짓인 것만 같다. 내가 쓰고 죽을 만큼의 돈이면 몰라도 다 쓰고 죽지도 못할 만큼의 큰돈은 벌어서 무엇 하며, 어려움에 처한 세상 사람들을 다 구제할 수도 없으면서 명예 같은 것은 또 얻어서 무엇 하나 하는 생각이 든다.

최고의 삶은 타인의 자유를 해치지 않으면서도 나의 자유를 매 순간 만끽하는 삶이다. 먹고 싶을 때 먹고, 자고 싶을 때 자고, 일하고 싶을 때 일하고, 놀고 싶을 때 놀고, 걷고 싶을 때 걷고, 노래하고 싶을 때 노래하고, 춤추고 싶을 때 춤추고, 책 보고 싶을 때 책 보고, 글 쓰고 싶을 때 글 쓰고 등등. 하지만 이렇게 말로 하기엔 무지하게 쉬운 일이 실천하기에는 얼마나 어려운 일인지 독자 여러분들도 잘 알 것이다. 일단 먹는 문제에서부터 이게 참 쉬운 게 아니다. 내가 먹고 싶은 음식이 나의 건강에 좋지 않은 음식일 수도 있고 먹고 싶을 때마다 계속 먹다가 체중이 늘어나 건강에 위협을 받을 수도 있다. 또 자고 싶다고 계속 잘 수 있는 것도 아니다. 학교나 직장에 다니는 사람들이면 정해진 시간에 일어나기 싫어도 일어나야 하는 경우가 생긴다. 또 일하고 싶을 때만 일할 수 있으면 정말 좋은 세상이 올 것 같다. 하지만 대다수가 타인에게 자신의 노동력을 팔아야만 살아갈 수 있는 이런 자본주의 사회에서 그것은 정말 꿈같은 이야기다. 게다가 일을 하고 싶어도 일자리가 없어 일할 수 없는 경우도 많다. 그렇게 생각해 보면 모두가 자유로운 삶을 산다는 것이 참으로 불가능한 일처럼 보인다.

인생이란 뭘까? 인생을 사십 년 넘게 살다 보니 미래에 대한 큰 희망도 절망도 그다지 별 의미가 없다는 것을 깨닫게 된다. 미래에 절실히 희망하는 일이 있어 그것을 꼭 이루기 위해 안간힘을 쓰고 갖은 노력을 다한다 하더라도 어쩌다 재수가 없어 희망하는 일을 놓치거나 실패하는 일이 생길 수 있다. 하지만 그래도 결국엔 어쩔 수 없는 일이다. 그렇다고 식음을 전폐하고 슬퍼한다거나 목숨을 끊는다거나 하면 이후의 인생은 더 괴로워지거나 아니면 인생이 아예 사라져 버리는 수가 생기기 때문이다. 인생은 그냥 굴러가는 대로 사는 것이 장땡이다.

또 아직 일어나지도 않은 일을 걱정하며 실패하였다고 절망에 온통 휩싸여 살 필요도 없다. 성공하는 인생만이 가치 있고 훌륭한 것은 아니다. 실패하는 인생도 실패 이전에 노력이 있었다면 그만큼의 가치가 있고 의미가 있다. 여기서 보면 성공인 것이 저기서 보면 실패가 될 수도 있다. 공무원을 때려치우기 전 밥벌이 걱정에 파묻혀 땅이 꺼져라 한숨만 쉬고 머리가 터져라 근심을 하였지만 막상 공무원을 때려치우고 났어도 밥을 굶는 일은 일어나지 않았다. 이렇게 살아도 한세상 저렇게 살아도 한세상이다. 사는 모양과 사는 방법이 제각각일 뿐 이렇게 사나 저렇게 사나 그것이 인생이라면 누구에게나 인생은 다 나름대로 살 만한 가치가 있다.

이렇게 말을 해 놓고 보니 그러면 다른 사람한테 사기나 쳐먹거나 아니면 범죄나 폭력을 마음껏 저지르고 하는 인생도 살 만한 가치가 있는 인생인가 하는 의문이 든다. 그런데 그건 좀 아닌 것 같다. 굴러가는 대로 산다는 것이 나를 위장하고 남을 기만하는 삶을 산다는 것을 의미하는 것은 아닐 것이다. 누군가를 속인다는 것은 아무래도 좋은 인생은 아니다. 누군가를 속이려면 일차적으로 나의 진실성이 파괴되어야 하고 나의 삶이 거짓으로 꾸며져야 한다. 그러면 인생이 피곤해지고 인간관계가 꾸며낸 듯 부자연스러워지고 사회 안에서 공감과 신뢰를 기대하기가 어려워진다. 어른들은 아이들에게 거짓말하지 말라고 가르친다. 하지만 언젠가부터 아이들은 어른들에게 거짓말하는 법을 터득하게 된다. 이런 것을 인생이라고 불러야 한다면 인생이란 좀 씁쓸한 것 같다. 내가 커가면서 거짓말쟁이가 되었다면 세상이 나를 속인 것일까 내가 세상을 속인 것일까? 어려운 문제임에 틀림없다.

그래도 사십오 년을 돌아보면 정직하게 살기 위해 나름 애쓰며 살아왔다. 후회 같은 것은 해 보았자 인생에 아무 도움도 되지 않는다. 자유의 반대는 예속이 아니라 후회다. 자유란 것이 모든 가능성이 무한하게 열린 상태라면 후회는 변화할 아무런 가능성도 없는 것에 붙들려 있는 상태이기 때문이다. 젊은 시절엔 항상 잠을 많이 잔 것을 후회하고는 하였었다. 근데 가만 보니 잠이 없는 사람들은 단명하는 사람들이 많은 것 같다. 잠을 안 자고 남들보다 더 많이 깨어 있다가 빨리 죽나 잠을 많이 자고 덜 활동하다가 늦게 죽나 그렇게 따지면 이래 사나 저래 사나 사는 시간은 결국 비슷한 것도 같다.

삶이 독자 여러분들을 속일지라도 너무 괴로워하거나 노여워하지 마시라. 지금 걷고 있는 길이 보이지 않으면 또 다른 길을 찾아 걸으시라. 나는 살다가 길이 없으면 길을 만들어 보려고 했는데 사십 년 넘게 살다 보니 굳이 내가 길을 직접 만들지 않아도 내가 미처 발견하지 못한 길들이 이미 도처에 존재하고 있다는 것을 깨닫게 되었다. 행여나 생을 중단하려고 마음먹었었던 독자 여러분이 계시다면 삶은 그 자체로 의미가 있다는 것을, 죽고 나면 모든 의미도 사라져 버린다는 것을, 고통 이후에 나의 삶은 더욱 단단해지고 더욱 충만한 의미를 띠게 된다는 것을 부디 잊지 말아 주셨으면 하는 바람이다.

7

정신과 입원실에서 만난 사람들

나는 여태까지 정신병동에 총 네 번을 입원했었다. 대학 2학년 때 조울증으로 입원했던 것이 처음이고 그 뒤로 30대가 되어 식구들이 주는 약을 거부했던 이유로 두 번째 입원을 하게 됐고 서른다섯이 되어 조현병이 생겨 그해에 두 번을 더 입원하게 되었다. 입원실에서 정말 많은 사람들을 만났다. 그중에는 우울증 환자들이 가장 많았고 조울증 환자들과 불안증 환자들이 있었고 조현병 환자들도 더러 있었으며 또 병명을 알 수 없는 다른 많은 사람들을 만났다.

내가 입원실에서 만났던 조현병 환자는 두 명이었는데 한 명은 키가 작고 얼굴이 잘생긴 삼십 대 남성이었고 다른 한 명은 평균키에 이십 대 초반의 통통한 여성이었다. 남성이었던 조현병 환자는 주위 환자들에게 자기가 병원에 오기 전에 취득한 자격증이 80개라고 이야기했었는데 나는 처음에 그게 정말 사실인 줄 알고 놀라움을 금치 못했다. 그런데 나중에 보니 그것이 그 사람이 가진 증상 중 하나라는 것을 알게 됐다.

조현병 환자들은 다른 정신질환 환자들과 달리 함께 대화를 나눌 때 눈을 마주쳐도 그들의 시선이 대화하는 이의 눈에 정확히 와 닿지 않는다는 것을 알 수 있다. 그들의 몸은 이 세계 안에 있어도 그들의 생각은 이 세계 안에 없다는 것이 그들의 눈빛을 통해 드러난다. 그들이 가진 눈빛의 초점은 이 세계 안의 대상에 부딪치지 않고 아무것도 없는 허공 안에서 떠다닌다. 그들은 그들이 만든 세계 안에서 살아간다.

그 남성 환자 또한 내가 입원실 복도에서 마주치는 모습을 관찰해 볼 때면 늘 자신만의 생각에 사로잡혀 무언가에 골몰하고 있는 듯한 느낌을 전달했다. 한번은 식사가 끝나고 환자들 몇 명이 줄을 서서 주전자의 식수를 컵에 따라 차례로 마셨는데 그 남성은 자기 차례가 되어 컵에 물을 따라 한 모금 맛보더니 마치 물 안에 먹어서는 안 될 무언가를 혼자만이 감지해 낸 것처럼 알아들을 수 없는 말을 혼자 중얼거리며 남은 물을 다 쏟아서 버려버렸다.

입원실에서는 일주일에 한 번 정도씩 환자들이 먹고 싶어 하는 간식을 사서 반입을 해 주었는데 담배도 허용해 주었다. 그 남성은 담배를 시켜 병원 안에서 종종 흡연을 하였는데 다른 환자들 중 그 남성에게 담배를 얻어 피우는 사람도 있었다. 나는 원래 담배를 피우지 않았지만 하루는 내가 장난기가 발동하여서 그 남성에게 나도 담배를 한 개비만 달라고 말을 걸었다. 그러자 말없이 담배를 피우고 있던 그 남성이 갑자기 몸을 내 쪽으로 홱 돌리더니 얼굴에 엄청난 노기를 띠고 나를 때리려고 손을 들어 올렸다. 다행히 맞지는 않았지만 나도 모르게 깜짝 놀라 순간적으로 몸을 움츠렸다. 무엇인지는 알 수 없지만 무언가 내가 그 남성의 트라우마를 건드린 것 같았다. 조현병 환자들은 별것 아닌 것 같은 말이나 행동에 갑작스럽게 돌변하여 폭력적인 태도를 보이는 경우가 있다. 무엇이 그들을 그렇게 화나게 하는 것인지는 그들만이 알 수 있을 텐데 그 이유를 타인에게 논리적으로 설명하는 것은 그들에게는 아마도 굉장히 어려운 일이 될 것이다.

또 다른 여성 조현병 환자는 매일같이 받아먹는 엄청난 양의 약물 탓에 항상 약에 취해 있는 모습을 하고 있었다. 그 환자의 주치의는 회진할 때면 별다른 상담 활동도 없이 먹는 약만 한 움큼 처방해 주는 것이 전부였는데 그 환자가 의사를 피하고 싶어하는 것을 한눈에 보아도 알 수 있었다. 그 젊은 여성 환자는 말이 거의 없었고 대부분의 시간을 잠으로 보내고 있었으며 다른 환자들과 소통하는 일도 별로 없었다. 한번은 그 환자가 써놓은 쪽지 같은 것을 선반 위에 올려놓았길래 무슨 내용일까 궁금해서 들여다본 적이 있었다. 거기에는 아무 연관도 없는 짧은 낱말들이 기다랗게 여러 개가 죽 적혀 있었다. 나는 속으로 그 환자의 주치의가 너무 무능하다고 생각했다. 그리고 젊은 나이에 아무런 차도도 없이 몇 년씩을 정신병동 안에서 잠만 자고 있는 그녀가 한없이 측은했다.

그 둘 외에도 많은 환자들이 생각난다. 공무원 시험 준비를 오랫동안 하다가 여러 번 실패하고 심한 우울증에 걸려 입원했던 언니가 있었는데 나중에 그 언니와 많이 친해졌다. 폐쇄병동 안에 있으면 할 수 있는 일들이 별로 없기 때문에 식사 시간을 빼고는 남은 시간들이 마치 정지된 느낌을 받는다. 언니와 나는 남는 시간 동안 지루함을 견디지 못해 팔짱을 끼고 병원 복도를 쉬지 않고 몇 번이나 왔다 갔다 걸어 다니며 한 손으로 주먹을 불끈 쥐고 '제도의 파괴자'라고 구호를 외쳤다. 그러면 입원실의 간호사들이 그런 소리는 하지 말라고 주의를 주었다.

또 생각나는 환자는 불안증에 걸린 아저씨였는데 키가 많이 크고 체격도 건장하고 얼굴도 잘생긴 사람이었다. 그런데 집에 있으면 불안증이 너무 심해서 누가 집에 쳐들어와 자기를 죽일 것 같은 생각이 든다고 하였다. 그래서 본인이 자발적으로 병원에 입원한 케이스였다. 내가 입원실에서 퇴원하고 나서 같은 병원을 찾아 다시 입원하게 되었을 때 그 아저씨도 나와 마찬가지로 반복되는 증상 탓에 또다시 입원을 하고 계신 상태였다.

또 다른 환자로는 우울증에 걸린 오십 대 아줌마가 있었는데 이분은 젊었을 때부터 단체 수용소 같은 곳 여기저기에서 생활을 오래 하신 분이었다. 병원이 아닌 다른 수용시설에 있을 때 수감자들과 단체로 줄을 맞추어 걸레질을 했던 이야기를 나에게 들려주었다. 한번은 이 아주머니가 내 머리를 꼭 한 번 감겨주는 게 소원이라고 하셔서 세면대에 머리를 파묻고 아주머니한테 머리를 맡겼는데 머리를 너무 억척스럽게 감겨주신 바람에 머리카락이 너무 당겨서 아파 가지고 좀 고생을 했다.

또 생각나는 사람은 사십 대 정도의 아줌마인데 이분은 혼자서 포장마차를 운영하던 중에 동네 건달들이 찾아와 치근덕거리는 것을 참지 못해 술병을 깨뜨려서 건달들을 여러 차례 깨진 술병으로 찔러 큰 상처를 입히게 되었다고 했다. 마침 그 아줌마의 형부가 처벌받는 것을 면하게 하려고 아줌마를 급히 정신병원에 입원시켜 들어오게 된 것이었다. 나는 그 아줌마를 별로 좋아하지 않았다. 그 까닭은 내가 그 당시 쇠창살이 달린 입원실 창문의 턱 위로 올라가 앉아 있는 것을 유일한 재밋거리로 삼고 있었는데 그럴 때마다 나에게 내려오라고 야단을 쳤기 때문이었다.

또 다른 오십 대 언니가 생각난다. 이분은 어렸을 때 여동생과 함께 모르는 사람들에게 성폭행을 당했는데 여동생은 자살을 하고 어머니도 일찍 돌아가셨다. 아버지와 단둘이 살고 있었는데 아버지가 돌아가신 후에 알코올 중독에 걸려 밥도 안 먹고 술만 마시다가 죽을 생각으로 약물을 과다 복용하고 정신과에 실려와 입원을 하게 되었다. 그 언니는 주치의가 회진할 때면 미리 화장을 곱게 하고 기다리다가 주치의에게 넥타이가 잘 어울린다느니 하는 괜한 아부를 하고는 했다.

또 다른 젊은 여성으로 남자에게 실연을 당하고 나서 죽을 결심을 하고 수면제를 과다 복용하고 들어온 사람도 있었다. 폐쇄 병동 안에는 소란을 심하게 피우는 환자를 가둬두는 독방이 있었는데 그 젊은 여성이 하도 고래고래 소리를 질러서 하루 동안 그 방 안에 갇혀 있었다. 나중에 그 방을 나왔을 때는 그냥 지극히 정상적인 상태였고 나중에 나랑도 꽤 친해져서 이야기도 많이 나누었다. 엄청 큰 눈을 가진 아가씨였는데 어렸을 때 부모님을 모두 여의고 일찍부터 직장 생활을 하며 굉장히 성실하게 살아온 아가씨였다. 제법 오래 사귄 남자 친구가 있었는데 그 남자 친구가 그 아가씨의 여자 친구와 바람을 피웠다고 했다. 내가 고작 그런 것 때문에 자살을 하냐고 하자 그 아가씨 말이 남자 친구가 그 아가씨보다 훨씬 못생기고 능력도 없는 여자와 바람을 피운 게 너무 자존심이 상해서 죽을 결심을 하게 됐다고 했다.

내가 대학 시절 만난 또 다른 환자 중에 육십 대 아주머니가 있었다. 이 아주머니는 중소기업을 경영하던 분이었는데 일이 잘못

되어 하루아침에 9억을 날리게 되었다고 했다. 그래서 그 뒤로 하루도 잠을 못 자고 불면증이 심해져 입원을 하게 됐다고 하셨다. 내가 지나간 일이니 그만 잊으시라고 조언을 해 드렸었는데 이 아주머니는 나에게 철학 공부 같은 것은 그만두고 경리 일이라도 해 보라고 몇 번이고 말씀하셨다.

또 생각나는 사람 중에 스무 살 청년이 있다. 이 아이는 아버지가 중소기업 회장이었는데 집에서 아버지와 다투다가 아버지 머리를 망치로 내려쳐서 아버지가 이 아이를 정신과에 입원시킨 경우였다. 어딘가 좀 섬뜩한 기운을 가진 아이였다. 노무현 때문에 여러 중소기업들이 망했다며 핏대를 올리면서 노무현 욕을 하던 것이 생각난다. 혼자서 독학으로 기타를 배웠다고 했는데 혼자서 배운 것치고는 기타 솜씨가 꽤나 좋았다.

또 철학책 읽기를 즐기던 나보다 어린 남자아이를 만난 적도 있다. 조울증 환자였는데 나더러 약을 잘 먹으라고 조언을 해 주곤 하였다. 병원 안에 있던 피아노를 가지고 약 때문에 떨리는 손가락으로 베토벤의 월광을 연주하고는 했다. 하루는 병원 티브이에서 나오는 연예 프로그램을 보고 있다가 나오면서 나에게 연예인들은 다 어딘가 좀 모자란 사람들인 것 같다면서 웃음을 지으며 말했다.

내가 만난 사람들은 지금쯤 다들 어떻게 살고 있을까? 그들 중에는 나처럼 퇴원 후 다시 입원을 하여서 같은 병원에서 여러 번 만나게 된 사람들도 있다. 정신과 환자들이라고 다 좋은 사람만 있는 것도 아니고 다 나쁜 사람만 있는 것도 아니다. 그래도 내가 정신과에서 만났던 사람들 중 대부분은 자기가 가진 음식들을 나눠 먹는 것을 좋아하고 자기가 가진 것들을 잘 빌려주고는 하였다. 아마도 그들이 정신질환자가 된 이유 중에는 남들보다 상처받기 쉬운 연약한 성격이 하나의 중요한 이유가 될 수 있을 것 같다. 내가 받은 폭력이 타인을 향해 반사되면 범죄가 되고 나의 내부를 향해 축적되면 정신질환이 된다. 사회 안에 폭력이 증가할수록 그에 따라 자연스럽게 범죄자와 정신질환자도 증가할 것이다.

협력과 연대를 상실하고 경쟁과 싸움으로만 내모는 사회 시스템 덕분에 오늘도 내일도 정신과 환자는 넘쳐나고 정신과 전문의는 한없이 모자라다. 정신질환의 문제를 개인과 가족이 아닌 사회 전체의 문제로 인식하고 보다 평등하고 자유로운 사회 시스템을 만들어가는 방안을 통해 정신질환자의 수를 감소시키려는 노력이 절실히 필요한 것 같다.

8

병들지 않고
늙는다는 것

무병장수를 바라지 않는 사람은 아마도 별로 없을 것 같다. 나이가 사십을 넘어서니 몸 여기저기서 삐걱거리는 소리가 들린다. 나는 아직까지 큰 병에 걸린 적은 없고 라식수술을 빼면 살면서 수술도 한 번 한 적이 없다. 다만 이십 대 초반부터 위하수증이 생겨 고생을 좀 했다. 워낙 마른 체형에 복근도 없는 데다가 식사를 제시간에 하지 않는 대신 한꺼번에 몰아서 급하게 먹고 운동도 거의 하지 않는 습관 탓에 위하수증에 걸렸다. 그리고 결정적으로 한국에 있을 때 프랑스 대학 장학금을 받으려고 불어로 논문 준비를 하면서 집 밖에 나가지도 않고 하루 종일 책상 앞에 앉아 있다가 점심때가 되면 샌드위치를 3분 만에 뚝딱 먹어치우고 곧 다시 책상에 앉아 있고는 하다가 나의 위장이 급기야는 더 이상 운동하는 것을 포기하고 백기를 들고 나자빠져서 위가 배꼽 밑으로 처져버렸다.

한때는 옛날 위인들이 공부에 매진하다 몸을 상했다는 일화를 보면 참 대단하다 싶었는데 이제 와 생각해 보면 몸을 상할 정도로 공부를 하는 것이 천하에 얼마나 멍청한 짓인가 싶다. 자기 몸 건강 하나 챙기지 못하는 공부를 어떻게 공부라 이름할 수 있을 것이며 그런 공부를 계속할 바에야 책을 집어던지고 운동을 하는 것이 백번 나을 것이다. 아무튼 이 위하수증이란 놈은 심각한 병은 아닌데 평소에 지켜야 될 일들을 지키지 않으면 심각해질 수가 있기 때문에 굉장히 귀찮은 병이다. 우선 과식하면 안 되고 물이나 음료나 물 많은 과일 같은 것을 많이 먹어서도 안 되고 찬 음식을 많이 먹어도 안 된다. 그래서 한여름에도 나는 얼음물이나 찬 음료 대신 미지근한 것을 마시고 식사도 조금씩 자주 나눠서 먹는다. 위하수증이 있는 사람은 대개 기운이 없어 하고 빨리 피곤해지는데 나도 그렇다. 그렇다고 수술을 할 정도로 심각한 병은 아닌데 아무튼 조금 귀찮은 병이다.

우리 몸은 참 신비하다. 병이란 것이 걸려도 다 죽는 것은 아니고 병을 치유할 수 있는 능력이 있으니 말이다. 나는 독서와 글쓰기를 즐겨 하기 때문에 책상 앞에 앉아 있는 시간이 많아서 뒷목과 허리가 항상 안 좋은 편이다. 그래서 디스크 질환과 관련된 글들을 자연스레 많이 찾아보게 되었는데 디스크 수술 후에도 잘 낫지 않던 환자들이 운동을 꾸준히 해서 좋아진 사례들을 많이 접했다.

나는 대개는 양방보다 한방을 선호하는 편인데 양방에서 하는 수술들이 내 눈에는 끔찍해 보이는 게 많다. 내시경을 몸속에 쑤셔 넣는 것이 너무 싫어서 나는 건강검진도 잘 받지 않는 편이다. 양의학의 발달로 인간 수명이 많이 늘어난 것이 사실이다. 그런데 양방에서 인간의 신체를 다루는 방법들을 보고 있으면 이렇게까지 해서 인간이 오래 살아야 하는 것일까 하는 생각이 들 때가 있다.

아무튼 인간의 몸이란 것이 신비하다고 말을 하였는데 암이란 것을 봐도 그렇다. 암이 생긴다고 그 암이 계속 커지는 게 아니라 몸과 주변 환경을 잘 다스리면 생겼던 암도 사라지는 것을 깊은 산속에 들어가 생활하는 자연인들을 다룬 프로그램에서 많이 보았다. 내 몸에 병이 생기는 것은 그 병이 유전병이나 사고로 인한 것이 아니라면 내가 무언가 내 몸에 잘못을 저질렀기 때문에 생긴다. 몸에 나쁜 식습관이나 생활 습관을 가지고 있다거나 운동을 게을리하거나 과도하게 했다거나 스트레스나 피로 상태에 오래 있었다거나 몸에 나쁜 환경 안에 오래 있었다거나 하는 경우다.

그런데 습관과 운동은 내가 많은 부분 조절이 가능하지만 문제가 환경으로 가면 이야기가 복잡해진다. 미세먼지, 온실가스, 자외선, 오존, 미세플라스틱, 감염병 바이러스까지 나의 힘으로만 해결할 수 없는 것들이 엄청나게 늘어난다. 그렇다면 우리 시대 건강의 문제는 비단 개인들만의 문제가 아니다. 사회 구성원 전체가 환경 문제에 관심을 두지 않으면 결코 해결할 수 없는 문제다. 내가 나의 건강을 지키지 못하면 내가 병듦으로 인해 타인의 돌봄이 필요해지기 때문에 스스로 건강을 지키는 것은 매우 중요한 일이다. 환경 전체가 인간에게 유해하게 변하면 모두의 건강이 위협받을 것이고 종국에는 병든 사람을 돌봐 줄 건강한 이들도 남지 않게 될 것이다.

나는 얼굴에 여드름이 잘 난다. 고3 때는 학교에서 받은 스트레스가 나의 얼굴로 전부 몰려와서 얼굴 전체에 바늘 하나 꽂기 힘들 정도로 빽빽하게 여드름이 깔려 얼굴 전체가 새빨간 상태였다. 오죽하면 교장 선생님이 나를 불러 여드름 잘 고치는 데를 소개시켜 준다고 했을 정도였고, 나랑 친했던 친구는 내가 외계인으로 변했다고 했을 정도였다. 나는 길을 다닐 때 사람들 시선 때문에 고개를 숙이고 땅만 쳐다보고 걸어 다녔다.

당시에는 피부과가 지금처럼 레이저 시술 같은 것이 잘 발달돼 있지 않았다. 먹는 약 처방을 받았었는데 아무 소용이 없었다. 그 뒤로 수능이 끝나고 고3 생활이 끝나가자 얼굴이 많이 좋아졌다. 피부과에 다니면서 돈도 많이 갖다 바쳤다. 피부과에서 박피 시술을 권해서 여러 차례 받았는데 나중에는 볼 있는 데 피부가 너무 얇아져서 날씨가 건조해지면 금방 트고 빨갛게 변했다. 박피를 하려거든 피부가 재생할 수 있는 시간을 충분히 두고 해야 되는데 피부과에서 시키는 대로 다 받았더니 그 지경이 되었다. 그래서 나중에는 다른 사람들은 아무렇지 않게 쓰는 화장품들인데도 내가 쓰면 조금만 독해도 얼굴이 다 뒤집어져서 내 피부에 맞는 스킨, 로션을 고르는 게 정말 어려운 일이 되었다.

나는 지금 나이가 마흔다섯인데 아직까지도 여드름이 난다. 학생 때처럼 많이 나는 것은 아니지만 유분이 많은 화장품을 쓰거나 고기나 밀가루 음식을 많이 먹거나 먼지같이 조금만 더러운 게 얼굴에 닿으면 어김없이 금방 여드름이 올라온다. 다른 데는 나는 일이 별로 많지 않은데 입 주변에 거의 항상 나는 편이라 좀 심해지는 것 같으면 피부과에 가서 염증 주사를 맞았다. 우리 동네에는 피부과가 꽤 많은 편인데 갈 때마다 언제나 사람들이 바글바글하다. 사람들이 피부에 너무 관심을 많이 쏟아서 그런 것 같기도 하고 공기가 나빠져서 피부 질환이 많아져 그런 것 같기도 하다.

피부과에는 별의별 레이저 장비들이 많다. 아마도 그런 장비들을 만들고 사용하는 과정에서 온실가스가 배출되지 않을 리가 없을 것이다. 또 내가 맞는 염증 주사기를 재활용할 일도 없으니 그것들은 다 쓰레기가 될 것이다. 그렇다면 내가 피부과에서 치료를 받는 것이 환경을 오염시키고 그 오염된 환경 탓에 나는 또 피부 질환이 생기고 그걸 치료하러 또 피부과에 가면 환경은 더 오염될 것이고 이처럼 무한히 계속될 것이다. 그렇게 생각을 하니 피부과에 가지 말고 다른 치료 방법을 찾아야겠다는 생각이 들었다.

그래서 내가 찾은 방법은 해독주스를 만들어 먹는 것이었다. 야채와 과일 몇 가지를 섞어 믹서기에 갈아 마시는 건데 믹서기를 돌리고 있자니 이번에는 쓸데없는 전기 사용으로 온실가스 배출을 늘리고 있는 것은 아닌가 하는 생각이 또 들었다. 식습관을 완전히 고치면 여드름이 날 일도 없을 텐데 나는 빵을 보면 사족을 못 쓰는 빵순이라 이걸 고치는 데에는 적지 않은 노력이 필요할 것 같다.

지금 내 몸 중에 안 좋은 곳이 있다면 눈과 발가락 정도다. 스마트폰 사용 탓에 아마 눈이 안 좋은 분들이 나 말고도 많으실 것 같다. 안과 비용을 스마트폰 기업이나 다른 온라인 플랫폼 기업들에 청구해야 되는 것이 아닌가 그런 생각을 잠깐 한 적이 있다. 초원에서 사냥을 하며 살아가는 유목민들은 시력이 엄청나게 좋다고 들은 적이 있다. 항상 멀리 있는 것을 보고 있으니 눈이 먼 시각에 맞추어 적응을 하였을 것이다. 도시에서 살아가는 현대인들은 고작 십 센티미터가량 되는 거리의 스마트폰에 장시간을 몰두하며 살아간다. 그보다 멀리 떨어진 것이래 봤자 컴퓨터나 티브이, 아니면 대화 도중 마주하고 있는 사람의 얼굴을 본다거나 하는 정도이고 집 밖을 나와도 고층건물들이 시야를 가리기 때문에 아주 먼 풍경은 보기가 힘들다. 그래서 시력을 강화하고 싶으면 일부러 창밖의 먼 산을 바라보는 것이 도움이 된다. 그렇게 해서 눈 주변의 신경과 근육들을 운동시키는 것이다.

내 발가락은 갑자기 작년부터 안 좋다는 신호가 왔다. 걷기 힘들 정도로 발가락이 아픈 건 아니었는데 걸을 때마다 통증이 조금씩 있고 오래 걸으면 더 심해졌다. 처음엔 뼈가 이상한가 하고 엑스레이 사진을 찍어봤는데 두 번째 갔던 병원에서 양쪽 발을 다 찍어보고 나서 뼈에는 문제가 없다는 것을 알게 되었다. 정형외과에서 소염、진통제를 처방해 주어 그걸 먹었는데 먹을 때는 통증이 없어졌다가 약을 끊으니 다시 통증이 생겼다. 소염제를 줄곧 복용하는 것이 꺼림칙해서 한의원에 갔더니 한의사가 양쪽 발가락을 구부려 보더니 한쪽이 잘 구부러지지 않는다고 이야기해 주었다. 족욕을 하면서 물속에서 발가락을 구부리는 운동을 연습해 보라고 하였다.

나는 한 번에 30분 이상 걷는 일은 가급적 피하고 한의원에 일주일에 두세 번씩 들러 침을 맞고 집에서는 가끔씩 발가락 운동을 하였다. 그렇게 한 달을 넘게 생활했더니 통증이 거의 사라져서 한의원 다니는 것을 그만두었다. 그런데 그러고 나서 걷는 시간을 좀 늘렸더니 통증이 조금씩 다시 생겼다. 젊었을 때는 아무렇지도 않던 몸 곳곳에서 조금씩 안 좋다는 신호를 느끼니 사십 대 중반의 나이를 실감하지 않을 수 없다.

또 얼마 전에는 갑자기 전에 없던 빈뇨증이 생겨서 화장실을 한 시간마다 한 번씩 간 적이 있다. 비뇨기과에 들러 소변 검사를 해

봤더니 염증은 없다고 해서 방광염은 아니라는 것을 알게 됐는데 의사 말로 조현병 약이 원인일 수가 있다고 했다. 나는 당시에 솔리안이라는 조현병 약과 그 약의 부작용을 방지하기 위한 클로나제팜과 인데놀이라는 약까지 세 종류를 먹고 있었다. 인터넷에서 그 약들의 부작용을 찾아보니 클로나제팜 부작용 중에 빈뇨증이 있었다. 그 약을 끊고 나서 빈뇨증은 없어졌다.

정신과 의사들은 조현병 환자들에게 고혈압이나 당뇨 환자들처럼 거의 평생 약을 먹을 것을 권한다. 약 복용을 중단하면 그만큼 재발할 확률이 높아서다. 사실 그렇게 따지면 조현병은 완전한 의미에서 현대 의학으로 고칠 수 있는 병은 아니다. 조현병 약들의 종류는 꽤 여러 가지인데 약마다 모두 부작용의 가능성이 엄청나다. 조현병 약의 부작용은 그것이 확률상 적다고 하더라도 몸 전체의 각 기관에서 다양하게 나타난다. 호흡기관, 심혈기관, 소화기관, 배뇨기관, 뇌와 뼈, 근육과 피부에 이르기까지 부작용 종류가 어마어마하게 많다. 물론 부작용이 나타나는 경우는 사람의 체질마다 다 다르다.

나는 처음 조현병이 발병했을 때 내 몸에 맞는 약을 찾느라 엄청나게 고생을 했다. 이 약 저 약 바꿔가며 부작용이 없는 약을 찾다가 솔리안을 먹게 되었는데 솔리안이 나에게 일으키는 가장 큰 부작용은 기운을 떨어뜨리는 것이다. 그래도 다른 약들에 비한다면 나에게는 부작용이 가장 덜한 편이라 이 약을 계속 먹고 있다. 서른다섯에 조현병이 처음 발병하고 7년가량 약을 복용하다가 증상이 오랫동안 다시 생기지 않아서 나는 어머니를 설득해 약을 끊기로 했다. 그랬더니 마흔셋에 다시 재발을 겪고 그 뒤로 약을 다시 복용했는데 복용량을 너무 줄여서인지 아니면 다른 이유에서인지 마흔다섯에 또다시 조현병이 재발했다. 나에게 조현병은 내 삶에 있어서 넘어야 할 가장 큰 산과도 같다. 쉰이 넘고 예순이 넘어 조현병이 또 재발할 수도 있기 때문이다. 또 실제로 그런 조현병 환자들이 무척 많다. 병들지 않고 늙을 수 있다면 얼마나 좋을까? 하지만 늙음은 또한 죽음과 연결되는 까닭에 그것은 병과도 가까운 관계에 있다.

최근 본 한 프로그램에서 우리나라의 장수 마을인 순창을 찾아가 백 세가 넘는 어르신들을 찾아가 조사를 해 보았더니 장수 노인들의 공통점 중 하나가 소식(小食)을 하는 것이었다. 연구 결과에 따르면 인체가 공복 상태에 놓이면 노화를 방지하는 세포들이 활성화되어 노화를 늦추게 된다고 한다. 정말로 그 프로그램에서 본 장수 노인들 중에는 뚱뚱한 노인은 한 명도 없었다. 천 년을 산다고 하는 학은 평생 위장을 절반밖에 채우지 않는다고 한다. 늙어도 병들지 않고 건강한 채로 살다가 어느 날 잠을 자듯이 조용히 숨을 거둔다면 그것만 한 행복이 없을 듯싶다. 병들지 않고 늙는다는 것은 그만큼 내가 나의 몸을 잘 다스렸다는 증거다. 그런데 마음까지 잘 다스린 건지는 모르겠다. 전두환 같은 놈이 멀쩡하게 장수한 것을 보면 말이다. 아무튼 독자 여러분들이 전두환 같은 놈이 아니라면 소식과 운동을 잘 실천하셔서 많은 분들이 병들지 않고 건강히 늙다가 평온한 죽음에 이르시길 기원하겠다.

9

귀농 · 귀촌의 의미

다음 세기 인류의 미래가 불확실해 보이는 이 절박한 기후 위기 시대에 귀농과 귀촌의 의미는 무언가 남다르다. 내가 귀농 생활을 하고 있다는 것은 아니고 영상으로 귀농을 택한 도시 청년들의 모습을 보고 있으면 그들 삶의 모습이 주는 건강함과 신선함이 나를 깜짝깜짝 놀라게 한다. 산속 깊은 곳에서 전문가의 도움도 없이 제 손으로 집을 뚝딱뚝딱 지어내고 유기농 밭을 일구고 자유롭게 가축을 기르고 하는 모습들을 보고 있으면 도시 안의 어떤 첨단 기술자보다도 더 놀라운 또 다른 인간의 능력을 발견한다.

농사를 지으며 땅을 일구던 농민들이 농촌을 떠나 도시로 몰려들면서 대도시가 성장하고 도시 노동자들이 증가하면서 자본주의는 발전되었다. 자본주의 사회 안에서 대지와 유리된 도시민들의 삶은 자연으로부터 멀어져 인공적인 것들 안에 유폐된다. 도시

와 농촌은 분리되고 거대 자본에 포섭된 농촌이 논밭 작물에는 화학비료와 농약을, 가축들에게는 항생제와 비좁은 우리를 제공하는 곳으로 바뀌면 그것들은 다시 도시민들의 식탁 위로 올라와 도시민들의 건강을 위협한다.

내가 본 영상 속의 주인공이었던 귀농 청년은 화학비료와 농약을 쓰지 않고 농기계 없이 몸소 손으로 밭을 일구며 토종 종자만을 재배하는 철칙을 지키며 농사일을 하는 고집스러운 청년이었다. 이십 대에 달랑 백만 원을 손에 쥐고 시골에 내려와 혼자서 집과 울타리를 만들고 농사를 짓고 닭을 키우다가 뜻이 맞는 배우자를 만나 결혼하여 아이를 낳고 지금은 어엿한 아버지가 되었다.

현재 도시의 젊은이들 중에는 취업과 주택 걱정으로 한숨 쉬고 있는 사람들이 많을 줄로 안다. 저성장과 자동화 시대로 진입한 지금의 시점에서 많은 기업들은 과거처럼 대규모의 신규 일자리를 제공하지 않는다. 그럼에도 일자리를 찾아 대도시로 몰리는 사람들 탓에 수도권 집값은 하늘 높은 줄 모르고 치솟는다. 정치권에서는 서울의 과밀화 문제를 해소하기 위해 세종시에 행정수도를 건설하겠다는 계획을 추진하고 있다.

서울의 많은 정부 부처를 세종시로 옮겼지만 정작 공무원들 중 상당수가 서울로 출퇴근을 하고 세종시로 이사하지 않는다. 배우자의 직장 문제를 비롯해 여러 원인이 있겠지만 그중 하나는 공무원들이 자신들의 자녀를 지방에 있는 대학에 입학시키길 원치 않기 때문이다. 우리나라의 대학 서열화는 정부가 대학 서열에 따라 교부금 액수에도 차등을 두어 지원함으로써 그 문제가 더욱 심화되고 있는 형국이다. 서열이 높은 대학일수록 교부금을 더욱 많이 받아 재정이 탄탄해지면 이는 교수와 강사 및 학생들의 연구비와 연구장비를 구입하는 비용으로 사용되어 대학 경쟁력을 높이고 이는 기존의 서열을 더욱 공고히 만들게 된다. 학령 인구가 점점 줄어드는 추세인데 청년들이 지방대를 모두 떠나니 지방은 갈수록 더욱 황폐해진다.

5천만 인구의 절반이 전국의 그 넓은 땅을 놔두고 수도권 안에 몰려 사는 것은 어느 모로 보나 좋은 방법은 아니다. 서울은 사람들이 너무 많아서 온갖 문제가 생기고 반대로 지방 중소도시는 사람들이 너무 없어서 그것대로 문제가 생긴다. 그래서 든 생각인데 서울 인구를 분산시키면서 지방 인구의 평균 연령을 낮추고 또한 동시에 대학 서열화도 완화하면서 지방 일자리도 창출하는 방법으로 서울 안의 대학들을 지방으로 이전하면 좋겠다는 생각이 들었다. 그리고 수도권에 집중되어 있는 개발 비용을 지방의 마을재생사업에 투자해서 온실가스 배출을 최소화하면서 청년들이 살고 싶은 지방을 만들고, 청년들이 농사도 지으면서 다른 일도 병행할 수 있도록 팀을 꾸려 파트 타임으로 농사일을 교대로 할 수 있으면 좋을 것 같다는 생각이 든다. 농민 기본소득 같은 것이 지급되어도 좋을 것이다.

나는 서울에서 태어나 서울에서 35년가량을 살다가 세종시로 이사 오게 되었다. 내가 사는 동네는 도심지라 논밭은 보이지 않지만 집 앞에 나가면 하천이 흐르고 주변에 공원과 산책로가 펼쳐져 있다. 서울에서처럼 만원버스나 지하철에 시달릴 일도 없고 3분이면 걸어갈 거리를 차 안에서 30분 넘게 정체되어 있을 일도 없다.

전문적인 농사꾼은 못 되지만 내가 직접 기른 채소를 먹어보고 싶어서 올해엔 처음으로 가까운 면 지역에서 텃밭을 가꾸기 시작했다. 이놈의 상추는 뭘 먹고 그리 빨리 자라는지 일주일에 한 번 물 준 것이 전부인데 갈 때마다 뜯어와야 할 것이 한 아름이다. 처음엔 아무것도 몰라서 두둑도 만들지 않고 아무 데나 여기저기 모종을 심었다가 농장 주인 아저씨 말씀을 듣고 나서 두둑도 만들고 가지치기도 하고 작물 옆에 막대기도 꽂아서 끈으로 묶어두고 했더니 금방 죽어버릴까 봐 걱정하였던 방울토마토가 어느새 열매를 맺고 서 있다. 아직 고추와 가지는 열리질 않았고 깻잎은 볼 때마다 좀 비실비실하다.

한동안 비가 오지 않은 탓인지 방울토마토 줄기에 진딧물이 까

맣게 끼어 있었는데 농약을 주어야 되나 어쩌나 고민을 하다가 어머니 말을 듣고 막걸리를 물에 타서 뿌려주었다. 막걸리를 한잔한 방울토마토 얼굴이 막걸리에 취해 더 빨갛게 될지도 모르겠다. 아는 사람에게서 들은 말로는 토마토 줄기 아래에 바질을 잔뜩 심어 놓으면 바질이 토마토의 천연 살충제 역할을 해 준다고 한다. 이건 듣기만 하고 아직 실험해 보지는 않아서 정확한 것은 모르겠다.

나에게 혹여나 마음이 맞는 배우자가 있었더라면 나도 귀농 생활을 택하지 않았을까 하는 생각도 가끔씩 든다. 서울의 내로라하는 직장 생활을 뿌리치고 용기 있게 귀농하여 여유롭고 행복한 생활을 꾸리며 살아가는 젊은 부부들을 보고 있으면 부러운 기분이 들 때가 있다. 내 손으로 직접 밭에 씨를 뿌리고 쟁기질을 하고 열매를 거두는 농부의 일만큼 정직한 직업이 또 있을까 싶다. 화학비료나 농약도 쓰지 않고 유기농법을 이용해 토양과 하천에까지 아무 해도 끼치지 않으며 농사를 짓는다면 그건 더욱 칭찬해 주고 싶은 일이다. 농사일은 힘들고 천한 일이라는 편견이 어서 사라져서 즐겁고 보람된 마음으로 기꺼이 농부가 되는 젊은이들이 많아진다면 좋을 것 같다.

10

책이라는 나의 동반자, 나의 아이

나는 독신이다. 나에게 남편과 아이 같은 존재가 있다면 그건 바로 책이다. 여느 인문학 전공자들이 그런 것처럼 나에게 책은 필수 불가결한 존재다. 대학 다닐 때에는 철학 공부에 빠져서 독서를 할 때 대개 편식을 하는 편이었다. 철학책이 아닌 책들은 별 흥미가 없었던지라 내가 읽는 책들의 1순위는 항상 철학책이었다. 가끔씩 일부러 역사책이나 문학책을 읽으려고 노력도 해 보았지만 인내심 있게 끝까지 완주한 책은 별로 없었다. 지금은 많이 없어졌지만 젊은 시절 나는 독서에 강박증 같은 것이 있었다. 하루라도 책을 손에서 놓고 있으면 무언가 죄를 짓는 듯한 느낌과 열심히 살고 있지 않은 기분이 들곤 했다.

박사를 끝내고 나서 책에 대한 나의 관심사는 사회과학 쪽으로 바뀌었는데 철학책을 모두 제외한다면 철학책만큼의 깊이와 무게로 나를 깨우치게 했던 사회과학 책들이 몇 권 있다. 하나는 북유럽 사회를 이야기하는 책들이 그러했고 그다음으로는 브라질의 생태도시 쿠리치바 이야기를 다룬 책, 그리고 군대 없는 나라 코스타리카의 이야기를 다룬 책이 그러했다. 그 책들은 모두 한국과 한국 주변국들의 사회와 문화에만 익숙한 이들에게 커다란 울림과 깨우침을 준다.

북유럽 국가들은 우리 한국 사회에는 낯선 사회민주주의를 기반으로 평등과 연대의 가치를 발전시켜 현재 지구상의 어느 국가들보다도 높은 행복지수를 나타내고 있다. 한국 사회가 보다 행복해지려면 미국 일변도의 영향에서 벗어나 북유럽 국가들의 문화와 사회제도에서 많은 가르침을 받아야 한다고 생각한다.

브라질의 생태도시 쿠리치바 이야기 역시 나에게 큰 감동을 준 책이다. 마치 폐허처럼 몰락해 가던 쿠리치바를 시민들이 직접 발 벗고 나서 스스로 친환경 생태도시로 탈바꿈시켜 마을에 새로운 활력을 불어넣고 시민들의 삶 역시 새로운 의미로 부활시키는 과정이 잘 그려져 있다.

또한 군대 없는 나라 코스타리카의 이야기 역시 여러모로 우리 사회에 시사하는 바가 크다. 코스타리카는 치안과 안보 면에서 매우 불안정한 중부 아메리카에 위치한 국가인데 그러한 지정학적 위치에도 불구하고 군대를 모두 폐지하는 데 성공을 거둔 나라이다. 코스타리카의 GDP는 다른 선진국들만큼 높은 수준은 아니지만 코스타리카의 행복지수는 북유럽 국가들에 버금가는 위치에 있다. 평화와 민주주의를 진정으로 사랑하는 코스타리카 국민들의 국민성이 지금과 같은 모습의 코스타리카를 만들 수 있었던 것임이 분명하다. 코스타리카 이야기를 읽고 있으면 아직까지도 낡고 편협한 이념적 논쟁으로 분열과 반목을 지속하고 있는 우리 한국 국민들의 상황이 참으로 안타깝기 그지없다는 생각을 하게 된다.

나는 지금까지 모두 여섯 권의 책을 출판했다. 책이 나의 아이라면 아이를 여섯 명 낳은 셈이다. 전자책으로만 출판을 했다가 출판이 중단된 책까지 합하면 총 일곱 권이다. 젊은 시절 나는 위대한 철학책을 완성하는 것을 내 인생 최대의 목표로 삼았었는데 그것을 아직 이루지는 못했다. 『잠재적 물질』이라는 제목으로 박사 논문을 쓰면서 나름 나의 철학을 만들어보려고 애를 썼는데 애초에 기대한 수준에는 한참 못 미치는 글이다.

박사 논문을 끝내고 나서 강사 자리를 구하지 못해 철학이 밥이 안 된다고 생각한 이후로는 철학에 대한 회의와 환멸이 심해져서 공무원 시험 준비를 시작한 이후로 철학책 읽기와 쓰기를 완전히 그만두게 되었다. 철학 공부를 중단하고 다른 길을 찾다가 말단 공무원이 되었는데 책을 쓰는 꿈을 다 포기하지 못하고 공무원을 하면서 다시 글을 쓰기 시작해서 마침내 소망하던 대로 책을 출판하게 되었다. 첫 책을 완성한 후 출판사를 구하려고 여기저기 여러 군데에 문의하였지만 무명작가인 나로서는 출판사 구하기가 어려워 자비로 첫 책을 출판하게 되었다. 출판 후 별다른 반향은 얻지 못했지만 그래도 첫아이를 순산한 것처럼 스스로는 뿌듯한 마음이 들었다.

눈 건강만 오케이라면 오래 즐기기에 독서만큼 좋은 취미는 없는 것 같다. 돈이 많이 드는 것도 아니고 주변을 시끄럽게 하거나 환경을 해치는 것도 아니다. 아무리 좋은 그림이나 영화를 보아도 『노자』, 『장자』나 스피노자의 『에티카』 같은 잘 쓰인 책 한 권이 주는 깊이와 무게, 놀라움과 통찰력을 따라잡기란 힘들다. 우리나라 성인들은 책을 잘 읽지 않는다. 어쩌다 읽는 책들도 자기 계발 서적이나 재테크 서적, 아니면 여행 서적이나 요리 서적 같은 얼핏 독서의 진정한 목적과는 다소 거리가 먼 서적들뿐이다.

독서는 우리를 사색으로 이끈다. 독서는 생각하는 힘, 질문하는 힘, 스스로를 비판하는 힘을 길러준다. 독서를 습관처럼 삼는 이들은 많은 경우 화를 잘 내지 않는 성격을 가지고 있다. 어떠한 것에 질문을 던지고 그것에 관해 생각하는 동안 우리는 남들과 싸울 수 없다. 내가 옳고 너는 틀렸다는 일방적인 주장은 진정한 사유의 길로 나아가는 것과는 거리가 멀다. 사유라는 것은 어디까지나 나와 다른 이들이 함께 하는 것이다. 우리가 진정 사유하였다면 옳은 것은 누구에게나 같은 것인 까닭에 서로 싸우고 반목할 일은 자연스럽게 사라질 것이다.

나의 첫 책의 제목은 『소득상한제』라는 책이다. '건강한 자본주의로 가는 길'이라는 부제를 붙였다. 우리는 모두 자본주의 사회에서 살아간다. 하지만 어느 모로 보나 지금 우리 자본주의 사회는 건강한 사회는 아니다. 이 책에서 내가 주장한 요지는 모든 국민들의 소득을 최저임금을 기준으로 그것에 연동시켜 열 배 내외로 상한을 두어야 한다는 내용이었다. 부를 향한 우리의 끝없는 욕망을 제어하여 심화하는 양극화와 기후 위기를 극복할 수 있는 내 나름대로의 해법을 제시해 보려 했다. 나는 우리 모두가 몸담고 있는 이 사회가 좀 더 건강한 사회로 탈바꿈될 수 있기를 소망하며 이 책을 썼다. 책의 반응은 별로 좋지 않았다. 판매량도 저조했을 뿐만 아니라 주변 반응도 천차만별이었다. 매우 희망적인 책이라며 반가워하는 이들이 얼마간 있었던 반면 말도 안 되는 책이라고 혹평하는 이들도 많았다.

나의 두 번째 책은 『소리 없는 우리의 폭력』이라는 책이다. 우리 사회에 만연한 폭력의 문제를 다루었다. 첫 책을 내고 나서 우연히 알게 된 지역언론 기자가 나의 두 번째 책도 기사를 써주었는데 그 기사를 보고 대전의 라디오 방송국에서 인터뷰 요청을 해 왔다. 그때는 내가 공무원 생활을 하던 중이었는데 공무원 일이 엄청나게 밀려 있었다. 전화로 잠깐 생방송 인터뷰를 하자고 하였는데 몸도 좋지 않고 밀린 일 탓에 정신이 하나도 없어서 인터뷰는 거절하고 말았다. 그 두 번째 책의 요지는 폭력의 근원이 불평등의 문제와 서로 떼어낼 수 없는 관계라는 것이다. 경제적 불평등의 심화는 어떤 이의 생명을 다른 이의 권력에 종속시키는 구조를 낳고, 이러한 구조는 곧 가정과 학교, 직장과 사회 곳곳에서 폭력을 잉태하는 결과로 이어진다.

사실 나는 돈을 벌 목적으로 책을 쓰는 사람은 아니다. 독자도 별로 없고 팔리지도 않는 책을 그렇다면 나는 왜 쓰는가? 글을 쓰는 나의 입장에서 답을 한다면 글쓰기가 나를 자유롭게 하기 때문이다. 내가 쓴 글을 누가 읽어주어서 즐겁다기보다 그저 내가 글을 쓰는 동안 묵은 사고의 틀로부터 자유로워지고, 글 쓰는 행위 자체로 인해 나의 가능성의 영역이 확장되는 경험을 맛보는 것이 곧 즐거움이 되기 때문이다. 물론 독자가 많다면 즐거움이 더 커질 수도 있겠지만 그런 기쁨은 사후적인 것일 뿐 당장의 글 쓰는 시간들을 채우는 조건 없는 기쁨은 아니다.

별 취미 거리 없이 직장 일이 끝나면 티브이 보는 시간이 전부인 독자 여러분이 계신다면 저녁에 자기 전 일기를 써보시라고 권해 드리고 싶다. 세상에는 두 종류의 사람이 있다. 일기를 쓰는 사람과 일기를 쓰지 않는 사람. 일기 쓰기를 통해 나의 하루를 돌아보고 나의 사건과 생각들을 정리하고 다음 날을 계획하다 보면 어느새 마음이 차분해지고 하루하루를 감사하게 된다. 좋은 일이 있었다면 빛나는 단어들을 골라 나의 기억 속에 잘 기록해 두고, 좋지 않은 일이 있었다면 위로나 다짐의 단어들로 일기를 채워나가다 보면, 기쁨의 감정은 배가되어 나의 마음을 더욱 북돋워 주고 우울한 감정들은 한결 가벼워져 나를 다시 일어서게 한다.

아마도 독자 여러분들 중에는 나보다 더 파란만장한 삶을 의연히 겪어내신 분들도 많이 계실 것이다. 여러분들의 살아온 일상들을 하루하루 조금씩 적어나가다 보면 그것이 쌓여 어엿한 한 권의 책이 되고 여러분들 스스로가 엄연한 한 명의 작가가 되어 계실 수도 있다. 나는 세상에서 가장 좋은 물건을 꼽으라고 하면 크게 주저하지 않고 책이라 말한다. 독자 여러분들의 곁에도 많은 책들이 친근하고 지혜로운 벗으로 늘 함께하기를 바라 마지않겠다.

11

나의 삶을 바꾸는 정치

녹색당은 내가 살면서 처음으로 가입한 정당이다. 작년에 우연히 기후 위기에 대한 강연을 유튜브에서 보고 기후 문제에 대한 심각성을 크게 깨닫게 되었는데 마침 녹색당 기후정의위원회에서 기후 문제에 관심 있는 위원들을 모집한다고 해서 참여하게 되었다. 녹색당엔 젊은 사람들이 많다. 취업 문제로 다들 살기 바쁘고 힘든 시기에 세상에 분노하거나 좌절하지만 않고 직접 정치를 바꾸어 무언가 더 좋은 세상을 만들어 보려고 노력하는 녹색당 청년들이 참 대견하고 존경스럽다.

사실 현재 한국의 정치 세력들은 거반 사기꾼들이나 다름없다. 평등이나 연대 같은 가치는 그들에게는 안중에도 없다. 현실이 이러한데도 한국민들 중 대다수가 그들을 위해 투표권을 행사한다. 아마도 녹색당이라는 정당이 한국에 있는지조차 모르는 사람이 상당할 것이다. 많은 사람들이 기후 위기의 문제를 그저 피상적으로만 인식하고 있을 뿐 그것이 우리 후손들의 생명과 직결되어 있다고 깊이 깨닫고 있는 사람은 많지 않다.

온실가스와 쓰레기 배출이 계속해서 지금 이대로라면 22세기에 인류가 과연 생존해 있을지 아무도 장담할 수 없다. 그리고 우리 후손들의 생명을 살리는 일은 21세기를 살고 있는 지금 우리가 정치를 완전히 새로운 것으로 바꾸지 않고서는 불가능한 일이다. 그런데도 한국은 여전히 화력과 원자력에 매달리고 있으며 신공항을 여럿 건설한다고 하고 플라스틱 사용 규제도 하지 않는다. 정치가들이 앞장서서 재생에너지를 늘리고 자동차 판매와 비행기 운행을 줄이고 일회용품을 규제하고 재활용 시스템을 구축하지 않으면 이 모든 것을 시민들 개개인의 선택에 맡겨 해결하는 것은 거의 불가능하다.

나는 녹색당 기후정의위원회에 있으면서 내가 구상했던 소득상한제를 녹색당 조세 정책에 담았다. 최저임금을 기준으로 열 배 내외에 이르는 최고한도를 설정하여 개인의 총소득에 제한을 두자는 것이 핵심이다. 필연적으로 과잉생산을 야기할 수밖에 없고 그로 인해 지구의 유한한 자원을 끝없이 소모하여 어마어마한 쓰레기를 매일같이 뿜어내는 자본주의 시스템 안에 일정한 제동 장치를 마련해 놓지 않으면 인류는 극심한 기후 위기로 인해 파멸을 맞이할 수밖에 없을 것이다. 나는 녹색당 활동을 하다가 세종시 시의원을 꿈꾸게 되었고 그 후에는 세종시장, 환갑 이후에는 대통령이 되고 싫어졌다. 나는 내가 직접 정치가가 되어 사회를 바꾸면 내 조현병도 스스로 고칠 수 있을 거라는 생각을 하게 되었다.

정치가 나의 삶을 바꾸지 못하고 우리 이웃의 삶을 돌보지 못한다면 사실 그런 정치는 정치라 불릴 수 없다. 기후 위기와 불평등으로 신음하는 이웃들을 그냥 그대로 내버려두는 정치는 진짜 정치가 아니다. 이동권과 탈시설 권리를 박탈당한 장애인들, 자살에 이를 만큼 차별과 혐오에 내몰린 성소수자들, 일터에서 생명과 안전을 위협받는 비정규직과 특수고용직 노동자들, 체불된 임금을 지급받지도 못한 채 폭력에 시달리는 이주 노동자들, 하루 열다섯 시간 노동하며 폐지를 줍는 빈곤 노인들, 부채에 허덕이며 병든 가족을 홀로 돌보는 간병 청년들. 이 모두의 삶을 개선하지 않는 정치가가 어떻게 정치가라는 이름으로 불릴 수 있을까?

민주정치는 어디까지나 가장 낮은 곳으로부터 행해져야 한다. 내가 녹색당을 좋아하는 이유는 이러한 정치가 정치 교과서에서만이 아니라 우리의 현실 속에서 이루어질 수 있다고 말하기 때문이다. 현재 한국 국회의원들의 세비는 월 천만 원가량에 달한다. 그만한 액수의 세비를 챙기는 국회의원들이 한 달에 일이백을 벌며 근근이 살아가는 많은 국민들의 삶을 느끼고 이해하기란 하늘의 별 따기다. 국민의힘 국회의원들의 평균 재산은 50억가량에 달한다. 그만한 재산을 가진 정치가가 평균 삼사억의 재산을 가진 다수 국민들의 뜻을 어떻게 대의할 수 있을까?

정치가란 부를 분배하는 책임을 지닌 직업인이다. 자신들의 부를 먼저 분배하지도 않으면서 정치란 것을 하고 있다고 믿는 이들이 한국 정치가들 중에는 너무나 많다. 그런 이들이 정치가라는 이름을 가지고 있는 것부터가 한국 안에 올바른 정치가 부재하고 있음을 단적으로 보여준다. 대다수 서민의 삶을 개선시키고 향상시키는 정치를 이루기 위해서는 서민들의 삶을 직접적으로 대변하는 소수 진보정당들에 더욱 많은 관심을 기울여야 한다. 기본소득당, 노동당, 녹색당, 사회당, 정의당, 진보당 등 약자와 노동자를 대변하는 많은 당들이 이미 한국 안에 존재한다. 그러나 국민들 다수의 관심과 후원을 받지 못하고 있기 때문에 정책 개발이나 후보자 선출을 하는 데 많은 어려움을 겪고 있다.

다수의 국민들이 거대 양당만을 쳐다보고 한 번은 이 당을 뽑았다가 실망해서 다음 번엔 저 당을 뽑고 그러고 나서 그 당이 실정을 하면 다시 또 이 당을 뽑는 식의 선거를 되풀이하면 한국의 정치는 조금도 나아질 일 없이 영원히 제자리를 맴돌 것이다. 자본가들의 수는 노동자들에 비한다면 언제나 지극히 소수다. 그러나 한국의 국회 안에는 노동자가 아닌 자본가들의 입장을 대변하는 의원들이 절대다수다. 이러한 모습의 국회를 한국 국민들은 언제까지 이대로 내버려 두려는 것일까?

국민들이 자본가들의 입장만을 대변하는 정치가들을 존속시키지 않으려면 믿을 만한 언론사를 잘 식별할 줄 알아야 한다. 대한민국의 많은 메이저 언론들은 이미 재벌들과 유착관계를 맺고 있기 때문에 그러한 언론들을 통해 소개되는 정치적 담론들은 애초에 자본가의 편에서 서술되고 문제시된다. 그것이 꼭 정치적 기삿거리가 아니더라도 많은 경우 연예기사나 스포츠기사는 그 나름의 정치적 영향력을 발휘하여 국민들로부터 사회 공통의 관심사를 빼앗고 정치적 비판 능력을 거세시킨다.

메이저 언론들은 우리의 삶을 바꾸는 소수 정당들의 정책은 전혀 다루지 않고 그 시간에 연예나 스포츠, 여행이나 맛집, 홈쇼핑 프로그램 등을 연신 방영하며 국민들의 정치적 의식을 마비시키는 것이다. 다수의 국민들이 그러한 언론들에 홀려 새로운 공동체를 고민하고 모색해야 할 시간을 모두 빼앗겨 버린다면 자살률 1위의 헬조선 상황은 영원히 바뀔 일이 없다. 한국의 많은 노동자들은 노동자를 대변하는 정치가 대신 자본가를 대변하는 정치가에게 표를 던진다. 그러니 일터에서 산재사고로 목숨을 잃는 노동자들이 연일 끊이지 않는 상황이 계속해서 반복된다. 보수 정당에 투표하는 노동자들은 나의 동료 노동자들을 안전장치가 부재한 작업장에서 죽음으로 내몰고 있다는 사실을 자각해야 한다.

정치란 정치가가 하는 일일까 아니면 모든 국민들이 해야 하는 일일까? 사실 우리의 일상을 채우는 것이 곧 다 정치다. 정치란 것이 타자들과의 관계 맺음 속에서 권력의 강도와 방향, 의미와 성격을 조정해 나가는 것이라면 말이다. 가령 나는 나무 칫솔과 고체 치약을 사용하며 녹색 정치를 행한다. 배달 음식은 음식 용기를 가져가서 픽업해 오고 면마스크와 면생리대를 사용하는 방법으로 내가 속한 사회에서 나름의 친환경적인 정치를 실천하려 애쓴다.

아마도 에너지 절약과 재생에너지 전환에 대한 국민들의 관심과 열망이 훨씬 더 컸더라면 신규 화력 발전소나 원자력 발전소를 더 지어대는 정부가 들어설 일은 없었을 것이다. 그렇게 놓고 보면 정치는 정치가들만의 전유물은 아니다. 만일 어떤 원자력 기술 전문가가 원자력의 위험성을 깨닫고 나서 원자력 일을 그만두고 생태 전문가로 변신하였다면 그는 어떤 정치가보다도 훌륭한 정치를 몸소 실천한 것이 될 것이다.

한국의 녹색당은 어딜 보나 프로페셔널 한 정당은 아니다. 하지만 나의 생각으로는 독선적인 엘리트들에 의해 좌우되는 주류 정치보다도 서툴고 불완전하지만 진정성 있는 아마추어리즘이 우리 정치에 훨씬 더 필요한 것 같다는 생각이 든다. 온갖 의전과 격식에 둘러싸인 그들의 정치가 정작 다수의 삶을 개선시키는 것과는 아무런 상관도 없다면 시민들의 손으로 더욱 진실되고 따뜻한 정치를 직접 만들어가야 하는 것이 아닐까?

12

헬조선 4대 질환

한국에서 40년을 넘게 살다 보니 헬조선의 4대 질환들이 눈에 들어온다. 내가 정리한 한국인들의 4대 질환은 술병, 스포츠병, 교회병, 아파트병이다. 우선 술병에 대해 이야기해 보자. 많은 한국인들은 술을 많이 마시는 것을 자랑스러워하는 문화를 갖고 있다. 젊은 시절엔 나 역시도 예외가 아니었다. 나는 고등학생 때 친구들과 맥주를 마셨던 게 처음 술을 접한 거였는데 나중에 대학에 입학해서 신입생 환영회를 할 때 소주를 들입다 마시고 필름이 끊겨서 학교 안 벤치에서 잠이 들려고 하는 것을 친구들이 부축해서 건물 안으로 힘겹게 데리고 들어간 적이 있다. 그 이후로 그렇게 정신이 나갈 정도로 술을 마신 적은 없고 술자리가 점점 싫어져서 술을 차츰 멀리하게 되었다.

나는 술자리에 있으면서 술자리에서 생산적인 이야기가 오고 가는 것을 거의 본 적이 없다. 신변잡기적인 이야기들이 줄줄이 늘어지고 또 술자리가 길어지면 길어질수록 술자리에 없는 사람들에 대한 험담으로 이야기가 끝을 맺는 것을 여러 차례 경험하고 나니 술을 마시는 것이 나의 삶에 있어서 쥐뿔도 도움이 되지 않는다는 것을 깨닫게 되었다. 그런데도 여전히 한국 직장에서는 회식 자리가 늘 술자리인 경우가 많고 술자리에 빠지는 것을 사회성을 결여한 것으로 취급하는 경우가 부지기수다. 사회생활을 하려면 소주 한 병은 기본이 되어야 한다느니 어쩐다느니 사회생활과 음주를 동일시하는 한국 사람들이 많다.

그래서인지 어째서인지 판사들도 술에 취한 성범죄자에겐 더욱 관대해서 형량을 오히려 더 낮추어주는 경우를 많이 보았다. 하지만 나의 상식으로는 주취는 형량을 경감하는 사유가 아니라 오히려 더 증가시켜야 하는 사유가 되어야 마땅하다. 술 없이 제정신을 차리고 사는 게 아니라 술에 의지해 정신을 반쯤 놓고 사는 것이 사회적으로 더 바람직한 일이란 말인가?

헬조선의 두 번째 질환은 스포츠병이다. 아마도 많은 한국 사람들이 2002년 월드컵을 기억할 것이다. 그때 나는 대학원생이었는데 우리나라 경기가 있는 날은 대학원 수업도 중단하고 다 같이 월드컵 경기를 관람했던 게 생각난다. 나 역시 월드컵 중계를 시청하는 것을 재밌어했다. 그런데 지금 와서 생각해 보면 축구 경기가 대학원 수업보다도 더 중요한 일이었을까 의문이 든다.

월드컵이나 올림픽 때가 되면 대한민국은 나라 전체가 들썩인다. 그런데 가만 보면 스포츠에 대한 이런 국민적 열광이 당최 어디에 좋은 것인지 의아스럽기만 하다. 현대 스포츠 시장이 대기업들의 후원 및 홍보와 국가 간의 경쟁 구도를 바탕으로 이루어져 있다는 것은 누구나 쉽게 알 수 있을 것이다. 여기에 지상파 언론사들의 경쟁과 FIFA나 IOC 같은 국제스포츠기구들의 장삿속이 더해진다.

국민들은 우리나라 선수가 참가하는 경기를 보면서 목이 터져라 대한민국을 외친다. 하지만 과연 대한민국이 하나의 국가, 모든 국민의 국가인지는 알 수 없는 수수께끼다. 선수들은 유니폼에 대기업 로고를 새기고 열심히 경기에 임하지만 대기업 하청 직원들이 작업장에서 안전 사고로 목숨을 잃어도 대기업에서는 아무런 책임도 지지 않는 일이 비일비재한 나라가 대한민국이라는 나라다. 국민들은 스포츠를 통해 애국심과 민족의식을 고취하지만 대규모 스포츠 행사를 통해 경제적 이득을 얻는 것은 결국 상위 몇 프로 되지 않는 계층일 뿐이다.

사실상 연대해야 할 상대는 대한민국 국민 전체가 아니라 국경을 넘어 존재하는 다수의 평범한 시민들이다. 그런데 스포츠 시장을 추동하는 것은 국가라는 이름으로 분리된 낡은 구분법이며 이러한 구분법 위에서 타국의 국민들은 우리의 경쟁 상대로 전제되어 버린다. 이것은 국가안보라는 이름 아래 군비 경쟁을 벌이며 국가 간의 전쟁 가능성을 지속시키고 있는 현 국제 질서의 존속과도 무관한 이야기가 아니다.

물론 스포츠에 열광하는 현상이 비단 한국인들에게만 해당되는 것은 아니다. 그럼에도 유독 한국인들의 스포츠에 대한 사랑이 지나친 것도 한편으로는 사실 같다. 피겨 스케이팅을 좋아하는 팬들끼리만 피겨 경기를 응원하고 즐기는 거야 아무래도 좋을 것이지만 전 국민이 너나없이 피겨 경기에 목매달고 그것이 마치 내 일인 것처럼 호들갑을 떠는 것이 내 눈에는 어째 좀 뜬금없고 희한한 일로 보인다.

스포츠 관람이 이렇게 전 국민적 취미 거리가 된 것은 아마도 한국 국민들이 그저 바쁘게 일할 줄만 알았지 스스로 놀이다운 놀이, 여가다운 여가를 갖는 방법을 터득하지 못하고 있는 까닭이 큰 것 같다. 문화 예술에 이렇다 할 나름의 취미와 식견이 없으니 그저 스포츠 선수가 대신해 주는 화려한 쇼에 넋을 잃고 환호하며 박수만 보내는 것이 취미 생활의 전부가 되어 버린 것 같다. 노예처럼 일만 하다가 노는 것도 노예처럼 놀 줄밖에 모르게 된 것이다. 글을 쓰고 그림을 그리고 악기를 연주하고 노래를 부르고 춤을 추는 보다 창조적인 취미를 가진 한국 국민들이 더 많아지면 재미있을 것 같다.

헬조선의 세 번째 질환은 교회병이다. 물론 교회에 다니는 것만으로 병이라고 할 수는 없다. 교회가 병이 되는 것은 평소에는 예수의 가르침과는 전혀 무관하게 아무렇게나 살면서 때로 모여서 찬송가나 부르고 예수한테 기도만 하러 교회에 다니기 때문이다.

한국의 대형 교회들 중에는 사실 신성한 교회라 할 수 없는 곳들이 널려 있다. 박수 치고 소리 지르고 울고불고 돈 억수로 걸어대고 교회인지 도떼기시장인지 알 수가 없다. 성경 말씀에 부자가 천국 가기는 낙타가 바늘구멍에 들어가는 것만큼이나 힘들다고 한다는데 대한민국 유명 목사님들 중에 죽어서 천국 가실 양반들이 몇이나 될는지 모르겠다.

내가 들은 이야기로는 국민들 중 대다수가 기독교 신자인 북유럽 나라에서는 기독교인인 국민들 중 실제로 매주 교회에 나가는 사람들은 5프로도 되지 않는다고 한다. 사실 예수님이 항상 내 마음속에 있고 매일같이 예수님의 말씀을 실천하며 살고 있다면 굳이 이 사람 저 사람을 만나서 떼거리로 소리 높여 예수를 찬양할 필요도 별로 없을 것이다.

또 헬조선에 교회병이 생긴 것은 철학의 부재도 한몫한다. 사람들이 종교를 찾는 까닭들 중 한 가지는 나란 존재가 어디서 왔고 세계는 어떻게 존재하게 되었으며 존재란 무엇을 의미하는지 등

형이상학적인 물음들과 깊이 연관되어 있다. 철학은 이런 물음들을 쉽게 신에 대한 믿음의 문제로 치부하지 않고 개념적이고 논리적인 사고를 통해 그 해답을 궁구하는 학문이다. 하지만 한국에서 철학이라 하면 많은 사람들이 점이나 사주만을 떠올리기 일쑤다.

아마도 한국에서 태어나 살면서 단 한 권의 철학책도 읽어보지 않은 사람들이 부지기수일 것이다. 그렇지만 대신 교회나 절에 나가 기도나 절을 올려본 사람들은 그보다 훨씬 더 많을 것이다. 내 인생이 힘들고 괴로울 때 신에게 호소하고 기도하는 것은 참 간편한 방법이다. 하지만 그러한 방법이 나를 더욱 강인하고 지혜롭게 만드는가 하는 것은 영 다른 문제다. 신이나 종교를 찾고 내세에서 구원받기를 원한다면 그만큼 현세의 가치는 평가절하되기 마련이고, 현세에서 더 나은 세상을 만들기 위한 노력 역시 쉽게 허망한 것이 되어 버린다. 아직 철학책을 접해 보지 않고 교회에만 다니고 계신 분들이 있다면 스피노자의 『에티카』를 읽어 보시라고 권해드리고 싶다.

헬조선의 마지막 네 번째 질환은 아파트병이다. 아파트 분양 시장을 보고 있으면 이 또한 도떼기시장의 다른 버전이다. 수백 수천 명씩 아파트 모델하우스를 구경하러 몰려다니고 다른 나라에는 있지도 않은 희한한 선분양 제도가 있어 아직 지어지지도 않은 건물에 프리미엄이라는 이름으로 판돈을 얹고, 또 소위 갭투자라는 것을 이용해 아파트를 수십 채씩 보유하는 사람들도 있다.

프랑스에도 한때 산업화를 한창 진행할 무렵에 파리 외곽에 아파트를 지어 공급하기 시작했다. 하지만 프랑스 사람들에게 아파트란 주거 공간은 그다지 인기가 없었다. 우리나라 국민들에게 아파트가 이렇게 인기 있는 주택이 된 것은 박정희 정권이 주도하였던 강남 개발을 시작으로 부동산 투기가 국민들의 인생을 역전시키는 계기로 자리 잡게 되고부터다. 박정희는 아파트 대단지를 초스피드로 공급해 가며 국민들의 내 집 마련 꿈을 실현시켜 주는 방식으로 폭력적인 유신 정권의 정당성을 확보하고자 하였다.

강남의 아파트 개발은 서울 안에 또 다른 서울을 만들었다. 강남 불패니 부동산 불패니 하는 이야기들은 박정희 정권 이후에도 대대로 전해 내려오는 마치 대한민국의 신화 같은 캐치프레이즈가 된 지 오래다. 한국인들의 아파트 사랑은 땀 흘려 일하는 사람들의 노동의 가치보다 불로소득의 가치를 더 우위에 두는 심리와 연관된다는 점에서 무척 씁쓸한 데가 있다.

아파트는 사실 도시 미관상으로도 별로 좋지 않다. 성냥갑 같은 천편일률적인 모양에 주변 경관을 다 가리고 도시의 분위기를 삭막하게 만든다. 또 아파트의 건물 구조는 이웃들과의 소통을 단절시킨다. 아파트 생활을 하다 보면 내 옆집에 누가 사는지 알 수조

차 없는 경우가 다반사다. 나의 개인적인 의견으로는 이제 고층 아파트를 짓는 일은 그만 중단해도 좋을 것 같다. 그보다 도시 미관을 살릴 수 있고 이웃들과의 관계도 돈독히 할 수 있는 구조로 설계된 다양한 형태의 에너지 주택을 공급하여 기후 위기에 대응하는 편이 훨씬 좋을 것이다.

대한민국에서 내가 열거한 4대 질환에 하나도 걸리지 않은 사람을 만나기란 하늘의 별 따기다. 독자 여러분들은 한국에 사시면서 술도 마시지 않고 스포츠 관람도 싫어하고 교회도 다니지 않으면서 아파트도 싫어하는 한국 사람을 만나보신 적이 있으신가? 나는 술 마시는 것과 스포츠 관람은 여간해서 잘 하지 않고 교회도 다니지 않지만 현재 아파트에서 살고 있다. 이것들이 진정 질환이라면 나도 병 하나에는 이미 걸린 셈이다. 독자 여러분이 이것들을 병이라고 생각하는 나의 의견에 얼마나 동의하실는지 모르겠다. 하지만 나의 생각으로는 이 네 가지 병만 잘 고쳐도 대한민국은 훨씬 더 행복하고 살 만한 나라가 될 수 있을 것 같다.

13

장애인과
어울려 살기

세종시로 이사 온 후 공무원을 그만두고 나서 얼마 지나 밥벌이가 운 좋게 해결되고 하루하루 행복감을 느끼며 살고 있을 때였다. 나는 세종시로 이사 온 뒤 서울의 무시무시한 바퀴벌레들의 공포와 만원버스, 만원지하철의 스트레스로부터 벗어나 한적하고 여유로운 생활을 누릴 수 있게 되어 세종시에 온 것이 점점 흡족한 기분이 들게 되었다. 그러다가 나는 내가 세종시에 살고 있는 것이 이렇게 행복한데 세종시에 있는 다른 사람들도 나처럼 모두 행복해할까 자못 궁금해졌다. 그런데 마침 세종 시민들이 모여 만든 카톡방에서 누군가 자원봉사자를 구하는 글을 보게 되었다. 한 장애인 센터에서 일주일에 한 번 센터 일을 도울 봉사자를 찾는 글이었다. 나는 세종시에 온 후로 세종시에서 알고 지내는 장애인이 한 명도 없었기 때문에 장애인들은 어떻게들 살고 계시는지 궁금해져서 자원봉사를 신청하게 되었다.

내가 장애인 센터에서 만난 장애인분은 센터 소장님으로 계시면서 센터의 전체적인 운영을 맡고 계신 오십 대 여성분이셨다. 뇌병변 중증장애가 있으셔서 발음을 정확히 하지 못하시고 전동휠체어를 타고 생활하시며 오른쪽 팔다리가 거의 마비 상태라 왼손만 주로 사용하실 수 있었다. 처음 만나게 된 날 장애가 생기시게 된 이유를 여쭤봤더니 백일도 채 안 된 갓난아기 시절에 핵황달에 걸리셨는데 병원에 가야 할 시기를 놓쳐 그게 뇌병변 장애를 일으켰다고 하셨다. 소장님은 휠체어 없이 스물다섯이 되실 때까지 외출 한 번 하지 못하시고 집에서만 생활하셨다고 하셨다.

소장님은 전국장애인차별철폐연대 세종지부 대표로도 활동하고 계셨다. 소장님은 매주 두 번 장애인 한두 분과 버스정류장에서 저상버스 도입을 요구하는 장애인 이동권 차별 철폐 캠페인을 진행하고 계셨는데 소장님 활동지원사 일을 하다 보니 엉겁결에 나도 같이 참여하게 되었다.

차별버스 캠페인을 하려면 적어도 네댓 명의 사람들이 필요했다. 버스정류장에서 버스가 정차하길 기다리다가 버스가 다가오는 것이 보이면 소장님이 휠체어를 타고 차도로 내려가 휠체어로 버스 앞을 막아서고 이동권 차별 철폐가 적힌 스티커를 버스 앞에 붙이신다. 소장님은 장애가 있으시기 때문에 이때 스티커 붙이는 것을 돕는 다른 사람이 필요하다. 그리고 소장님이 버스를 막고 스티커를 붙이는 동안 버스 안에 올라가 승객들에게 장애인 이동권 문제를 설명하고 알리는 사람이 있어야 하고, 버스 앞 창밖으로 보이는 소장님의 모습을 카메라에 담는 사람이 또 필요하다. 장애인들만으로는 캠페인을 순조롭게 진행하기가 좀 어려워 보였다. 소장님은 정의당에서도 활동을 하고 계셨는데 정의당의 비장애인 당원분들 몇몇이 차별버스 캠페인을 도우러 오시고는 하였다.

나는 처음에 핸드폰 카메라로 영상을 찍는 일을 맡았다. 그런 일은 처음인 데다가 소장님 말씀을 들으니 기사분들이 화를 많이 내신다고 하여 첫날엔 긴장을 많이 했다. 그런데 예상외로 기사님이 아무 말씀도 없이 조용히 앉아 계시고 캠페인에 협조해 주시는 분위기여서 나는 별 어려움 없이 5분 정도 영상을 찍은 후 기사님께 감사하다는 말씀을 드리고 버스에서 내려왔다.

그다음 주는 상황이 많이 달랐다. 내가 맡은 일은 똑같았지만 이번에는 다른 기사님이 버스에서 내려와 스티커를 붙이지 말라고 고래고래 소리를 지르셨다. 그래도 스티커를 붙이시려는 소장님과 기사분 사이에 고성이 오갔다. 하지만 소장님은 언어 장애가 있으셨기 때문에 기사님처럼 마음 놓고 소리를 지르실 수는 없었다. 기사분이 버스를 멈추고 한참 소리를 지르고 있는 중에 한 젊은 남자 승객이 버스에서 내려와 소장님을 향해 버스 기사보다 더 큰 소리로 악을 쓰며 바빠 죽겠는데 왜 버스를 못 가게 하냐며 버스에 스티커를 붙이는 행위는 재물 손괴죄로 고소할 수도 있다면서 노발대발했다. 나는 놀라고 어안이 벙벙해져서 놀란 눈으로 소리를 지르는 사람들을 번갈아 가며 쳐다보고만 있었다. 사실 우리가 버스를 막고 서 있던 시간은 몇 분 되지 않았다. 소장님이 버스를 피해 휠체어를 움직이고 나서 버스는 떠났다.

그 뒤로도 몇 번 캠페인에 참여를 해 보았는데 캠페인에 협조적인 모습을 보이는 기사분은 첫날 만난 그 기사분 한 분뿐이었다. 대부분의 기사들이 시청이나 정부에 가서 이야기하라며 화를 내고 소리를 질렀다. 소장님 말씀으로는 이미 시장실에도 찾아가 보고 시청과 국토부에 민원도 수십 차례 넣어보고 했지만 달라지는 것은 아무것도 없었다고 하셨다. 그보다 이렇게 기사들과 싸우며 캠페인을 벌이는 것이 여러 사람들에게 민원을 제기하게 만들기 때문에 훨씬 효과적이라고 하셨다. 하루는 버스 안에서 승객들에게 캠페인을 설명하는 일을 내가 맡게 되었다. 그날도 버스 기사는 화가 나서 버스 밖으로 나가 소장님과 싸우고 있었고 나는 버스 안에서 세종시 장애인 이동권의 현황과 문제점들을 설명하고 시청과 국토부에 민원을 넣어주실 것과 앞으로 장애인 이동권에 관심이 많은 시장 후보를 선출해 주실 것을 부탁드렸다. 얼굴을 찡그리는 승객도 있긴 했지만 대부분의 승객들이 경청해 주었고 말이 끝나고 난 후엔 박수도 쳐 주었다. 그날의 경험은 나쁘지는 않았지만 나는 그 뒤로 기사들과 자꾸 싸움이 벌어지는 것이 싫어서 소장님께 차별버스 캠페인에 더 이상 동참하고 싶지가 않다고 말씀드렸더니 소장님께서 그러면 나더러 그만해도 좋다고 하셨다.

소장님한테는 투쟁이 일상이었지만 나는 평소에 '싸움'이나 '투쟁'이라는 말을 별로 좋아하지 않았다. 버스 기사들은 버스에 스티커를 붙이는 것을 기를 쓰며 막으려고 버럭버럭 화를 내고 소리를 지르고는 하여서 나는 소장님이 벌이는 캠페인이 기사들한테 폭력적인 일이 될 수 있는 것인지 자문해 보게 되었다. 저상버스 도입은 물론 기사들이 결정하는 것은 아니기 때문에 계단버스를 운전하는 것을 모두 기사들의 탓으로 돌리는 것은 잘못일 것이다. 버스 기사들의 처우가 무슨 대기업 간부들 같은 처우도 아님은 분명하다. 하지만 그들이 휠체어를 타야 이동할 수 있는 중증장애인들처럼 계단버스를 자유롭게 탈 수 없는 처지에까지 놓여 있는 것은 아님도 분명한 사실이다. 자신보다 못한 처지에 놓인 사람들이 그들의 권리를 요구하는 상황에서 그들을 향해 고래고래 소리를 지르고 화를 뿜어대는 사람들을 도대체 민주 시민이라 이름할 수 있을까 하는 의문이 들었다. 소장님은 휠체어가 없어 태어나서 25년 동안을 집 밖으로 한 걸음도 못 나가 보셨다고 하는데 장애인들의 이동권 캠페인을 위해 5분도 기다려주지 못하는 사람들이 좀 야속하다는 생각도 들었다.

소장님 활동지원사 일은 중간에 건강이 안 좋아지는 바람에 그만두게 되었다. 그 뒤로 한두 달 후 증상이 나아져서 그전부터 목사님 한 분이 같이 하자고 하셨던 독서모임을 장애인분들과 같이 하게 되었다. 모임에 함께 하는 사람들이 많지 않아서 사람들을 더 모으려고 세종시 인터넷 카페에 독서모임 참가자 모집을 알리는 게시글을 올렸다. 몇몇 분들이 참가를 희망하며 연락을 주셨다가도 장애인들이 함께 하고 있다는 사실을 알게 된 후로는 연락을 끊으셨다. 장애인들에 대한 편견이 알게 모르게 상당한 것 같다는 생각이 들었다.

장애인들은 비장애인들의 도움 없이는 살기가 힘들다. 그렇지만 장애인들은 비장애인들의 수에 비한다면 소수를 차지한다. 많은 비장애인들이 장애인들을 멀리하면 몇 안 되는 비장애인들이 장애인들 모두를 돌봐야 하는 상황이 벌어진다. 비장애인들 누구나가 너도나도 장애인들을 돕고 보살핀다면 많은 시간을 할애하지 않고도 번갈아 가며 손쉽게 도움을 줄 수 있을 것이다. 우리나라의 등록된 장애인 수는 전체 인구의 5퍼센트 정도다. 그렇다면 스무 명 중 한 명은 장애인이라는 이야기인데 지금껏 한국에서 내가 살아온 날들을 떠올려 보면 스무 명 이상이 모인 자리에서 장애인이 한 명이라도 같이 있었던 적이 거의 없었던 것 같다. 그만큼 장애인들과 비장애인들이 함께 어울려 살아가고 있지 못하다는 뜻일 것이다.

처음에는 장애인 센터에서 만난 뇌병변 장애인분들과 이야기를 나눌 때 그분들의 발음을 제대로 알아듣기가 꽤 힘이 들었다. 하지만 그것도 날이 가고 익숙해지니 소통을 하지 못할 정도로 큰 어려움은 아니었다. 이런저런 도움을 줘가며 굳이 애써서 장애인들과 독서모임을 할 필요가 있을까 하는 생각이 들기도 했지만, 그들의 말이 잘 들리지 않는다는 이유로 나의 귀를 아예 닫아버리면 그들의 말은 영영 들리지 않게 되어 버릴 것 같다는 생각에 독서모임을 계속 이어가기로 결심하게 되었다.

독서모임은 지금도 계속 진행 중이다. 시에서 장애인 모임을 대상으로 지원해 주는 프로그램에 신청한 것이 선정이 되어 이제는 얼마간 강사료도 받을 수 있게 되었다. 독서모임을 진행하며 장애인분들의 사연을 들어보니 가슴 아프고 딱한 사연들이 많다. 장애인들도 비장애인들과 같이 마음대로 버스도 타고 지하철도 탈 수 있는 세상, 사전 예약 없이도 아무 때나 원하는 시간에 택시도 탈 수 있는 세상이 빨리 만들어지면 좋겠다. 그리고 장애인들과 함께 어울려 사는 비장애인들이 훨씬 더 많아지면 좋겠다.

14

알 수 없는 미래

나는 환경 문제에 대해 그저 막연히만 관심을 두고 있다가 우연히 유튜브에서 대기과학자 조천호 박사님의 강연을 듣고 기후 위기의 심각성을 깊이 깨닫게 되었다. 그리고 인류가 그저 먹고 사는 문제에만 매달려 지금과 같은 생활을 별 반성 없이 유지해 간다면 아마도 다음 세기에는 다수의 인류가 생존이 불가능한 시점이 다가올 수도 있겠다는 생각을 하게 되었다.

기후 변화에 관한 정부 간 협의체 IPCC는 지구의 평균 온도가 산업혁명 이전보다 1.5℃ 이상 상승한다면 인류의 생활이 크게 위협받을 것이라고 경고했다. 지구의 온도는 이미 1.2℃가량 상승한 상태인데 2050년 탄소중립을 위해 권고 받고 있는 탄소 감축량을 지키고 있는 나라들은 그다지 많지 않기 때문에 아마도 지금의 추세가 유지된다면 지구의 온도가 조만간 1.5℃를 넘어서는 것은 불가피할 것이다.

작년 여름 미국과 캐나다 일부 지역은 기온이 50℃를 육박했다. 홍수, 가뭄, 대형산불, 폭염, 태풍, 해빙, 해수면 상승 등 이상기후 현상은 세계 곳곳에서 계속되고 있다. 그나마 우리나라는 다른 나라들에 비한다면 아직까지 그 피해 규모가 적은 편이지만 이미 일부 지방에서는 홍수 및 가뭄으로 거주지와 농작물이 큰 피해를 겪고 있다. 2030년이면 김포나 부산 등 해안 도시 일부가 물에 잠길 거라는 예측도 많이 나와 있다.

찌는 듯한 폭염이 오랜 기간 지속되고 강력한 태풍의 빈도가 점점 잦아지고 긴 가뭄이나 홍수 등 이상기온 현상으로 농작물의 피해가 빈번해져 식량 위기가 찾아오고 물 부족 현상이 심해지고 기후 난민들이 속출하게 되면 우리의 생활은 어떻게 될까? 기후 위기가 심화되면 그 피해에 먼저 노출되는 이들은 냉난방 시설을 잘 갖추고 있지 않거나 하수 처리가 잘 되어 있지 않은 침수 지역에 거주하는 저소득층 사람들이다. 또 식량과 에너지 가격이 오르면 그로 인해 먼저 타격을 받는 것도 저소득층 주민들이다.

우리나라 정부와 대기업들은 아직도 정신을 잘 못 차리고 신공항과 원자력 발전, 화력 발전 같은 것에 여전히 많은 투자를 하고 있다. 하지만 기후 위기가 심화되어도 고위공직자나 대기업 총수들이 입는 피해는 저소득층이 맞닥뜨리는 위험에 비한다면 그들이 가진 자본으로 얼마간 비켜 갈 수 있는 여지가 남아 있다. 지구는 역사 속에서 빙하기와 간빙기를 여러 차례 반복해 왔는데 20세기 들어 인류가 일으킨 돌이킬 수 없는 지구 온난화의 영향으로 인해 앞으로 빙하기는 다시 돌아오지 않을 확률이 높다고 한다.

인류와 지구의 미래는 앞으로 어떻게 될까? 현 인류가 로켓을 타고 화성을 왔다 갔다 하고 있지만 화성의 대기 상태를 볼 때 다음 세기까지 화성을 지구의 환경처럼 바꾸어 놓는 것은 불가능한 일로 보인다. 그리고 설령 인류의 과학 기술을 이용해 화성을 제2의 지구와 같은 환경으로 바꾸어 놓는 것이 가능하다 할지라도 그러한 화성에 거주할 수 있는 이들은 다만 로켓 여행의 비용을 지불할 수 있는 극소수에 불과하지 않을까?

아마도 어떤 이들은 지구의 온실가스를 획기적으로 줄이고 지구의 온도를 낮출 수 있는 첨단과학의 탄생을 기대하고 있는지도 모르겠다. 하지만 이산화탄소 포집과 같은 현재의 기술은 포집된 이산화탄소를 지구 안에서 영영 사라지게 할 수는 없기 때문에 마치 원자력폐기물과도 같은 난처한 문제를 다 해결하고 있지는 못한 실정이다. 인류의 과학 기술은 인류의 역사와 더불어 늘 발전해 오고 있는 것이지만 그 발전된 과학의 결과가 항상 인류에게 긍정적인 가치만을 가져다준 것은 아니라는 것을 인류세가 시작된 우리 시대에는 뚜렷이 목도하고 있다. 따라서 아직 발견되지도 않은 과학 기술에 대한 맹목적이고 섣부른 기대로 재생 에너지로의 전환을 늦춘다거나 삼림과 습지를 계속해서 파괴한다거나 에너지와 지구 자원의 사용을 줄이지 않는다면 인류의 미래가 금세기에 끝이 나 버릴지도 모른다는 생각이 든다.

인류의 생존이 과연 언제까지 지속될 수 있을까? 분명한 사실은 지구가 사라지면 인류 역시 사라질 확률이 크지만 인류가 사라진다고 해서 지구가 사라지는 것은 아니라는 점이다. 인류가 무수한 지구상의 종들 중 마치 주인 같은 행세를 하며 지구의 기후를 급속도로 바꿔 놓는 지경에 이르고 있지만, 실상은 스스로의 능력에 의해 스스로의 존재를 부정하고 있는 가장 어리석은 종일 수도 있다. 내 나이로 볼 때 필경 나의 생은 금세기 내에 언젠가 막을 내릴 것이 분명하다. 내가 미처 살아갈 수 없는 다음 세기 인류의 모습은 과연 어떠한 모습일지 자못 궁금해지기도 하고 커다란 걱정으로 다가오기도 한다.

15

내가 꿈꾸는 세상

내가 꿈꾸는 세상은 모두가 자유롭고 평등한 세상이다. 자유와 평등은 서로 대립하는 것이 아니다. 오히려 그 둘은 서로를 지탱하기 때문에 하나는 다른 하나 없이 제대로 작동하지 않는다. 본질이 왜곡되고 빗나간 나의 자유는 타인과의 평등한 관계를 침해하고, 타인의 권위에 예속된 불평등한 관계는 나에게 부자유가 되어 돌아오는 까닭이다. 모두가 자유롭고 평등한 세상. 아마도 이런 세상은 존재하지 않을지도 모른다. 그러나 존재하기가 힘들기 때문에 더 열심히 꿈꾸어야 한다고 나는 생각한다. 우선 모든 세계인들의 최저소득과 최고소득 간의 차이가 열 배를 넘지 않았으면 좋겠다. 한 국가 안에서는 그 차이가 더욱 작아져야 할 것이다. 또한 소득뿐만 아니라 총재산 역시 그렇게 되는 방향으로 나아가야 할 것이다.

다음으로 모든 군수산업이 사라지면 좋을 것이다. 무기도 군대도 국방부도 정보기관도 모두 사라진 투명하고 평화로운 세상이 만들어지면 좋겠다. 그러려면 국가 간의 경쟁과 대결 구도가 사라져야 한다. 국가라는 이름을 걸고 자원과 영토를 먼저 차지하기 위해 전쟁을 벌이는 일이 사라져야 한다. 국가들 서로 간에 희소한 자원이 문제가 될 경우에는 일체의 무력 행위 없이 협상과 외교만으로 합의점에 이르러야 할 것이다.

주택은 누구나 60세 이하라면 한 채 이외에는 더 소유할 수 없게 해야 한다. 60세가 넘어 일하기가 힘들어진다면 두 채까지 허용해 줄 수 있을 것이다. 또 다 같이 하루에 네다섯 시간, 일주일에 삼사 일만 일하고 나머지 시간은 각자가 자유롭게 보낼 수 있어야 한다. 너무 낮은 임금도 문제지만 너무 높은 임금도 받을 수 없게 해야 한다. 지나치게 높은 소득은 쉽게 과소비로 이어지고 이는 에너지와 자원을 낭비하고 쓰레기를 양산하여 환경 문제로 이어지기 때문이다. 무제한적인 고소득이 곧 개인의 실력과 능력을 의미하는 것처럼 간주되는 지금과 같은 분위기가 완전히 뒤바뀌지 않으면 안 된다. 한 개인의 지나친 고소득은 더욱 건강한 사회에서라면 응당 고르게 분배되어야 했을 다른 누군가의 노동력에 대한 대가를 편취한 결과에 지나지 않는다는 사실을 사회 구성원 모두가 함께 공유해야 한다.

쓸데없는 소비를 부추기는 산업의 규모와 일자리를 줄이고 아동, 노인, 장애인, 환자, 난민, 이주노동자, 새터민 등을 돌보는 돌봄 일자리를 많이 만들어야 한다. 이미 로봇이 사회의 이곳저곳에서 인간의 일을 상당 부분 대체하고 있다. 인간의 노동 시간이 길어져야 할 필요가 없고 사람들 사이의 교감과 이해가 필요한 돌봄 노동 일자리들을 여러 사람들이 나누어 조금씩 교대로 맡는다면 좋을 것이다. 어느 누구도 타인의 돌봄 없이는 온전히 생을 영위할 수 없다. 우리는 누구나 어린 아기로 태어나 누군가의 보살핌 없이는 성인으로 성장하지 못하며, 성인으로 살아가는 동안에도 병에 걸리면 또한 타인의 도움을 필요로 하고, 나이가 들어 죽음이 가까워지게 되면 그때 역시 누군가로부터 돌봄을 받아야 하는 상황이 다시 생겨난다. 이처럼 인간이라면 누구나 필요로 하는 높은 사회적 가치를 지닌 돌봄 노동이 단지 여성들에게만 짐처럼 떠맡겨진 저임금 일자리로만 치부되어서는 안 될 것이다.

내가 꿈꾸는 세상은 폭력이 사라진 세상이다. 폭력이 사라지려면 사회 구성원들 간의 위계가 사라져야 하고 경제적으로나 정치적으로나 평등한 관계가 이루어져야 한다. 이러한 세상은 어떻게 만들어질 수 있을까? 이러한 세상이 만들어진다면 정말 꿈같은 세상이 될 것이다. 하물며 유치원이나 초등학교 교실에서도 덩치 좋고 싸움 잘하는 아이가 학급 친구에게 폭력을 행사하는 경우가 다반사인데 도대체 이런 세상은 어떻게 만들 수 있을까? 하지만 조금 더 생각해 보면 아이들이 행사하는 폭력에도 이유가 없지는 않을 것이다. 아이들은 아마도 어른들의 세계에서 폭력이 정당화되는 상황들을 자연스레 목격했거나 아니면 어른들로부터 직접적으로 폭력적인 상황에 노출되어 그러한 폭력에 저도 모르게 익숙해져 버린 것일지도 모른다. 그렇다면 어른들은 왜 폭력적이 되는 것일까?

폭력을 생산하는 만병의 근원은 무엇보다도 경제적인 불평등에 있는 것 같다. 단순히 나의 물리적 힘이 남들보다 더 세다고 해서 힘센 사람이 모두가 폭력을 행사하지는 않는다. 같은 사회에서 누구는 몇백 억, 몇천 억을 가지고 있고 누구는 몇백만 원, 몇십만 원도 없는 상황이라면 부자가 놀고먹는 동안 빈자는 원하지도 않는 시간만큼의 노동을 강제 받아야 하는 상황이 생겨난다. 그러면 빈자의 자유는 자신에게서 저 멀리 달아나고 부자에게 인신을 예속당하는 상황이 벌어진다. 폭력은 생명력에 반대되는 힘이다. 빈자의 생명이 더 이상 자신 스스로에게 속하지 않고 타자의 권력에 예속되면 그때 그 타자의 권력이 빈자의 생명을 좌우하게 되면서 그를 죽음으로 몰아넣을 수도 있다는 의미에서 그 권력은 폭력이 된다. 내가 소득상한제를 제안한 이유는 그것이 지구상의 폭력을 전부 없앨 수는 없다고 하더라도 폭력의 강도와 빈도를 크게 줄일 수 있는 방안이라고 생각되었기 때문이다.

더욱 직접적인 폭력이 되는 것은 경제력 말고도 군사력이 있다. 물론 그 두 가지가 서로 얽혀 있는 것이기는 하다. 전 세계 여러 나라들과 기업들은 지금 현재도 새로운 무기를 만들고 실험하며 수입과 수출을 계속하고 있다. 군수산업을 끝장내지 않는다면 폭력 없는 세계는 죽었다 깨나도 절대 만들 수가 없을 것이다. 또 그러려면 국가들 간의 경쟁 구도를 협력적이고 호혜적인 관계로 바꾸지 않고서는 불가능하다.

미중 간의 헤게모니 싸움이 심화되어 제3차 세계대전을 일으키지 말란 법이 어디 있겠나? 그래서 내가 생각해 낸 해법은 남한과 북한이 미중 어느 나라와도 군사적 동맹을 맺지 않고 영세중립국을 천명하는 동시에, 미중과 러시아, 남북한과 일본이 다 함께 참여하는 북태평양 비핵지대를 만들자고 하는 것이었다. 북태평양 비핵지대를 만들어 북태평양 연안국들을 모두 비핵화하고 이를 기반으로 전 세계 비핵화로 나아간다면 좋을 것이다. 비핵화뿐 아니라 해외군사기지와 미사일방어체제의 철폐도 병행하여 제3차 세계대전이 아닌 세계 평화로 나아가자고 하는 것이 나의 주장이다.

내가 꿈꾸는 세상은 너무나 즐겁고 평화로워서 어쩌다 마을의 한 아이가 울고 있으면 마을 사람들 전체가 놀라서 아이에게 달려와 아이가 우는 이유에 대해 궁금해하는 세상이다. 그리고 아이가 그와 똑같은 이유로 다시는 우는 일이 없도록 사회 전체가 다 같이 돌보고 애쓰고 노력하는 세상이다. 독자 여러분들이 아마도 이런 세상은 절대 오지 않을 거라고 코웃음을 치실 것이다. 하지만 이게 내가 꿈꾸는 세상이다. 한국에서 하루에만 40명씩 자살을 하고 일터에서 매일같이 과로와 사고로 목숨을 잃고 학교에서는 아이들이 끔찍한 학교 폭력에 시달리고 직장에서는 직장 내 괴롭힘으로 정신질환에 걸리고 사회 곳곳에는 성폭력이 만연하는 이런 세상보다는 어디로 보나 내가 꿈꾸는 세상이 훨씬 더 아름답고 행복하고 사랑스럽지 않은가.

아, 그리고 인간들만 행복하다고 다 끝이 아니다. 인간들 때문에 소리 없이 사라져 가는 말 못하는 자연 속의 무수한 다른 생명들이 있다. 그런데 인간들의 행복과 다른 생명들의 행복이 사실 다 같이 연결되어 있다. 인간들 세상이 더 평등하고 평화로워진다면 인간들이 말 못하는 대지와 식물들, 동물들에게 폭력을 행사하게 되는 일들도 자연스럽게 같이 줄어들게 될 것이다.

하루빨리 재생 에너지로의 완전한 전환을 이루고 에너지와 자원의 소비를 획기적으로 줄이며 사적인 소유로 해결하던 재화나 서비스를 공동체가 함께 공유할 수 있는 영역으로 탈바꿈시켜야 한다. 자연의 생명을 위태롭게 하는 물질들의 생산을 양적으로 최대한 감소시키고 질적으로 크게 변화시키지 않으면 안 된다. 이러한 세상을 함께 꿈꾸지 않고서는 절박한 기후 위기 앞에서 미래의 인류는 더 이상 평화로이 생존할 수 없을 것이다. 내가 꿈꾸는 세상을 독자 여러분들도 함께 꿈꾸어 주신다면 머지않아 모두가 자유롭고 평등한 세상이 조금 더 가까이 다가올 수 있지 않을까 하는 마음이다. 우리가 함께 꿈꾸지 않는다면 우리의 다음 세대는 그 존재마저 이야기될 수 없는 전혀 다른 세상이 닥쳐올지도 모른다.

마흔다섯의 일기

초판인쇄 2023년 12월 8일
초판발행 2023년 12월 8일

지은이 고김주희
펴낸이 채종준
펴낸곳 한국학술정보(주)
주 소 경기도 파주시 회동길 230(문발동)
전 화 031-908-3181(대표)
팩 스 031-908-3189
홈페이지 http://ebook.kstudy.com
E-mail 출판사업부 publish@kstudy.com
등 록 제일산-115호(2000. 6. 19)

ISBN 979-11-6983-843-6 03810

이담북스는 한국학술정보(주)의 학술/학습도서 출판 브랜드입니다.
이 시대 꼭 필요한 것만 담아 독자와 함께 공유한다는 의미를 나타냈습니다.
다양한 분야 전문가의 지식과 경험을 고스란히 전해 배움의 즐거움을 선물하는 책을 만들고자 합니다.